Nassima, une enfance afghane

Titre original :

Los sueños de Nassima

À Elena, bien sûr.

MERCÈ RIVAS TORRES

NASSIMA, UNE ENFANCE AFGHANE

Traduit de l'espagnol
par Anna Buresi

Castor Poche Flammarion

Chapitre 1

Il était six heures du matin. Nassima était allongée sur son lit, à moitié réveillée, et elle avait très mal à la tête. Cette nuit-là, dans l'attente de la décision de ses parents, Nadia et Saïd, elle n'avait pas beaucoup dormi.

Ils avaient discuté toute la nuit, assis devant la grande table au centre de la cuisine, en buvant un thé après l'autre. Vers trois heures du matin, sa grand-mère, Fatuma, s'était jointe à la conversation.

Ils avaient parlé à voix basse, mais on les sentait nerveux et tendus. Ils devaient décider de leur avenir. Et, s'ils voyaient clairement ce qu'il fallait faire, ils craignaient qu'il n'arrive quelque chose à Nassima et à sa mère, Nadia.

Pour Saïd, sa femme et sa fille comptaient plus que tout, dans la vie.

Vers six heures et demie, il entra dans la chambre de Nassima. Il s'assit au bord du lit, caressa les longs cheveux bouclés de sa fille, et lui annonça que leur décision était prise : la nuit prochaine, elle partirait avec sa mère pour aller à Rome. Il n'y avait pas d'autre solution.

— Là-bas, mon frère Hussein et toute sa famille vous attendront. À Rome, vous serez à l'abri, dit-il en essayant de contenir ses larmes.

Et il serra les poings avec force, comme s'il pouvait ainsi maîtriser la situation.

— Et toi, papa, que vas-tu faire? demanda Nassima, angoissée.

— Moi, je me rendrai à Rome d'ici quelques mois et nous serons réunis, ajouta Saïd.

En réalité, il n'en croyait pas un mot. Il rêvait de pouvoir vivre en paix, sans violences, sans interdits, auprès de sa femme et de sa fille. Mais cette paix, il n'était pas très sûr qu'elle arriverait un jour.

Nassima se redressa sur son lit, se rapprocha de son père et l'étreignit. Jamais elle ne s'était séparée de lui. Jamais.

Tous les matins, il l'accompagnait à l'école. Ils déjeunaient toujours ensemble, sur la vaste table qui se trouvait au milieu de la cuisine. Et, le soir, Nassima se rendait avec lui à l'immense fabrique-entrepôt où toute la famille travaillait.

— Et qui va s'occuper de la fabrique de tapis ? demanda encore Nassima.

— Moi et les autres hommes de la famille, en attendant, lui dit son père pour la tranquilliser.

Selon la tradition, Saïd et les siens vivaient du tissage et de la vente de tapis et de tapisseries. Le grand-père de Saïd avait commencé le premier à se consacrer à ce négoce, puis son père avait continué ce commerce ; depuis, tous ses descendants tissaient des tapis pour les vendre dans d'autres pays. Hussein, l'oncle de Nassima avec lequel elle vivrait à Rome, gagnait lui aussi sa vie de cette façon ; il possédait une belle et vaste boutique dans le Trastevere*.

Tous les soirs, jusqu'à une heure très avancée, Nassima tissait avec son père, ses tantes et ses cousins. Quand ils rentraient à la mai-

* Les mots suivis d'un astérisque sont expliqués dans le lexique en fin d'ouvrage.

son, souvent, la nuit était déjà tombée. Et souvent, pendant ce trajet, Saïd disait des contes à sa fille ou lui récitait des poésies.

Les ballades d'Ahmad-Shah* étaient les préférées de Nassima. Mais elle aimait aussi que son père lui parle du jour où il avait visité le monastère de Bamiyan*, où se trouvaient, creusées dans la roche, deux colossales figures de Bouddha de plusieurs dizaines de mètres de hauteur.

— Ce doit être merveilleux de voir et de toucher ces statues géantes, disait Nassima, songeant à haute voix.

— Oui, c'est comme voyager dans un autre monde, lui répondait son père.

Pourtant, en réalité, le monastère de Bamiyan était très proche de Kaboul, où ils habitaient.

— C'est le seul voyage de noces que nous ayons pu nous offrir, ta mère et moi, avait coutume de répéter Saïd, non sans mélancolie.

Mais c'était avant tout un homme réaliste. Son pays était en guerre, et il savait qu'ils n'auraient pu se permettre quelque chose de mieux.

Maintenant, Nassima serrait son père dans ses bras. À voix basse, elle lui dit :

— Papa, s'il te plaît, pars avec nous !

— C'est impossible, lui répondit Saïd.

Au fond de lui, il pensa que s'il continuait à mener une vie normale, en se rendant comme chaque jour de la fabrique à la maison, de la maison à la mosquée, et de la mosquée à la fabrique, personne ne soupçonnerait qu'il y avait quelque chose de changé dans la famille.

De plus, sa mère, Fatuma, la grand-mère de Nassima, voulait rester. Elle se sentait très vieille, tous les os de son corps lui faisaient mal et, parfois, c'était aussi son âme qui la faisait souffrir.

Chaque jour, Fatuma devenait plus triste et plus maigre. On eût dit que plus le temps passait, et plus sa taille s'amenuisait, plus son regard devenait languissant.

— Mon seul réconfort, c'est de me rappeler mon Ahmed, si tendre et si affectueux, disait-elle d'une voix chaque fois plus éteinte.

Mais « son Ahmed », comme elle disait, était mort depuis plusieurs années.

Fatuma aimait à se remémorer les courts voyages qu'elle avait effectués au Pakistan avec son mari, pour vendre des tapis aux commerçants de Lahore*, et pour visiter la mosquée blanche de cette ville, entourée d'une sorte d'enceinte fortifiée, qu'elle avait toujours trouvée monumentale, même si en réalité elle n'était pas si immense que ça.

Une fois, Fatuma et Ahmed s'étaient rendus à Karachi, la plus grosse ville du Pakistan et son plus grand port maritime. Là, Fatuma avait mangé un délicieux poisson au curry pendant que son mari vendait des tapis à un capitaine de vaisseau français qui faisait la route de Karachi à Hongkong. Le Français s'appelait Antoine et, par son entremise, le grand-père de Nassima avait vendu quantité de tapis dans le monde entier.

— Il était si intelligent ! Et toujours souriant, répétait la grand-mère, se plaisant à recréer une image un peu idéalisée de son Ahmed.

Saïd savait qu'il serait plus tranquille si sa mère restait à Kaboul avec lui ; ainsi, personne ne remarquerait l'absence de sa femme et de sa fille, même si, depuis quelque temps, Fatuma ne pouvait sortir de la maison parce qu'elle avait mal au dos et boitillait.

Il répéta à Nassima :

— Tu ne peux pas rester ici. À Rome, vous vivrez mieux, ou en tout cas vous vivrez tout court. Ce n'est pas rien.

Et, l'étreignant plus fortement, il murmura :

— Tu ne peux pas t'imaginer combien je t'aime, ma fille.

Tandis que son père lui caressait les cheveux, Nassima comprit très bien à quoi il pensait. Depuis que ces hommes à barbe longue et au regard fiévreux, appelés les talibans*, gouvernaient leur pays, elle avait cessé d'aller à l'école : c'était devenu interdit aux filles.

— Par la faute de ces hommes, je ne peux même plus jouer avec mes amies sur le seuil de la maison, dit-elle avec colère.

— Ni aller cueillir des figues et des abricots avec ton ami Mohamed, ajouta son père.

Nassima sentait que ces choses étaient injustes. Elle n'arrivait pas à comprendre pourquoi les femmes et les fillettes ne pouvaient pas aller à l'hôpital quand elles étaient malades. En effet, il leur était interdit d'y entrer. C'était par miracle que sa grand-mère, Fatuma, n'était pas morte, des mois plus tôt : ils avaient tenté de la faire admettre à l'hôpital pour un problème cardiaque, et avaient dû la ramener à la maison sans qu'elle ait reçu les soins d'un médecin.

« Ça ne me plaît vraiment pas ! » se disait sans cesse Nassima.

Autrefois, elle était heureuse dans son école,

même si c'était un bâtiment délabré, sans fenêtres, où le tableau, régulièrement, s'écroulait au sol. C'était sans importance. Elle tenait à savoir lire, car son père lui avait dit que c'était la chose la plus merveilleuse au monde : en lisant, on pouvait rêver, vivre d'autres existences, voyager, avoir des sensations extraordinaires. Nassima trouvait ça fantastique.

— Mon grand rêve, c'est de devenir professeur et de donner des cours dans une grande école bien propre, disait-elle lorsqu'elle se laissait emporter par son imagination.

Elle voulait dire par là donner des leçons dans une école où il y aurait des pupitres, des tableaux, des craies, des livres, des cahiers et beaucoup de crayons de couleur : une école comme celle qu'elle avait vue un jour à la télévision et qui lui avait paru magique.

Elle rêvait aussi de continuer à tisser des tapis et des tapisseries avec son père, et d'entreprendre ce voyage au Pakistan dont parlait si souvent sa grand-mère, Fatuma. Elle se disait même qu'avec un peu de chance elle pourrait prendre le bateau et vendre des tapis dans d'autres pays, mais c'était un rêve presque trop beau.

Nassima et Saïd se tenaient toujours serrés

l'un contre l'autre, sans bouger, sans songer à s'écarter. Ils étaient si bien ainsi, tous les deux ensemble ! Mais Saïd finit tout de même par dire :

— Nassima, j'ai beaucoup de choses à préparer pour votre voyage.

Lentement, il se sépara de sa fille, l'embrassa sur le front, et sortit de la chambre.

Nassima, en larmes, serra dans ses bras sa poupée préférée, et pensa à son ami Mohamed, qui allait tant lui manquer.

Elle aimait Mohamed parce qu'il était drôle et qu'il lui racontait toujours des histoires extraordinaires.

— Il dit que ce sont des histoires qu'il a lues, mais moi je crois qu'il les invente, affirmait-elle à ses amies.

Au fond, elle s'en moquait.

« Je m'amusais tellement avec Mohamed ! » pensa-t-elle. Ils ne pouvaient plus se voir, car les talibans interdisaient que les garçons et les filles jouent ensemble, se promènent et lisent ensemble.

« Je regrette tellement ces jours de grand vent où nous allions faire voler nos cerfs-volants blanc et bleu sur la place d'Oraa », se désola Nassima, remplie de nostalgie.

Même s'ils n'avaient pas le droit de correspondre, Mohamed lui envoyait des cartes postales par l'intermédiaire de son père. Il lui racontait ce qu'il avait lu, il lui dédiait des poésies, et lui disait que lorsque ces hommes despotiques s'en iraient, ils recommenceraient à jouer à cache-cache avec leurs amis du quartier ; à cueillir des figues, des abricots ou du raisin ; et que, lorsqu'ils auraient un peu grandi, ils se marieraient et auraient beaucoup d'enfants ; lui, il se consacrerait au magasin, elle, elle s'occuperait des enfants ; mais bon, si elle tenait à devenir professeur, eh bien ! il lui permettrait de faire ce qu'elle voulait.

Cela agaçait Nassima que Mohamed soit si autoritaire et veuille diriger sa vie.

— Mais je l'aime beaucoup parce qu'il me fait rire, disait-elle à sa grand-mère quand elles étaient assises à la cuisine et se racontaient leurs petites affaires.

— Rire, ça fait du bien ! Surtout maintenant, dans cette ville, approuvait Fatuma.

Depuis quelques années, Kaboul était une ville triste, où tout le monde avait peur. Où tout, absolument tout, était interdit.

— Une vraie prison, commentait Saïd.

Nassima sortit de sa chambre et trouva sa

grand-mère dans la cuisine, assise dans un coin, en train de pleurer.

— Qu'est-ce que tu as, grand-mère ? lui demanda-t-elle, le cœur serré.

— Peut-être que je ne vous reverrai jamais, ta maman et toi, répondit Fatuma en sanglotant.

Elle aimait sa belle-fille, Nadia, comme sa propre fille ; elle lui confiait ses problèmes, ses espoirs, ses tristesses et ses regrets. Et elle allait perdre tout cela. Elle ne verrait plus Nassima, sa petite-fille préférée – cette fillette de dix ans aux yeux en amande, aux cheveux frisés, dont l'immense sourire révélait des dents bien blanches. « Le sourire de ma petite-fille est ce que j'ai vu de plus joli dans ma vie », avait-elle coutume de dire avec beaucoup de fierté.

— Viens, approche, dit Fatuma en faisant un signe à Nassima pour qu'elle s'assoie près d'elle sur le sofa en osier. Prends, c'est pour toi.

— Mais c'est le collier que grand-père t'a donné le jour de votre mariage ! s'exclama Nassima.

— Oui, je veux que tu le portes quand tu seras plus grande, lui dit Fatuma sans pouvoir contenir son émotion.

C'était un ravissant collier en lapis-lazuli*, le plus beau cadeau que son mari lui eût fait. Elle l'avait toujours porté lors des fêtes familiales. Mais depuis qu'Ahmed était mort, elle ne l'avait plus jamais mis. Elle le conservait dans une petite boîte, et toute sa famille savait ce qu'elle désirait : que le collier revienne à sa petite-fille si elle mourait.

C'était un frère de Fatuma, orfèvre de son métier, qui avait réalisé ce collier ; et c'était Ahmed qui avait acheté les lapis-lazulis à un commerçant de Kaboul spécialisé dans la vente de ces pierres, que l'on trouvait en grande quantité en Afghanistan.

Elle aurait aimé l'offrir à Nassima le jour de son mariage, mais, comme leur avenir était très incertain, elle préférait le lui donner avant leur séparation. Avec soin, elle le passa au cou de sa petite-fille.

— Ce que je suis jolie ! C'est dommage que mes amies ne puissent pas me voir. Elles seraient bouche bée ! cria Nassima.

Les femmes n'ayant plus le droit de porter de bijoux depuis l'arrivée au pouvoir des talibans, la grand-mère et sa petite-fille se demandèrent où Nassima pourrait cacher le collier durant son voyage. Nadia et Nassima n'emporteraient pas de valise, seulement une petite sacoche. Et il était très dangereux de conserver le joyau dans la poche d'un vêtement.

Tout à coup, Fatuma se rappela qu'Ahmed le lui avait offert dans une petite bourse de velours rouge suspendue à une très large ceinture. Elle fouilla dans les armoires et la retrouva enfin parmi les vêtements de son mari, qu'elle avait conservés. Elle logea le collier dans la bourse après l'avoir ôté du cou de Nassima, et recommanda à la fillette de le dissimuler sous ses habits. Plus tard, Nassima le transmettrait à son tour à ses filles ou à ses petites-filles.

— Ce sera un beau souvenir de cet homme si bon qu'était ton grand-père, conclut solennellement Fatuma.

Nassima retourna dans sa chambre, mit son vêtement favori, une tunique de couleur grenat qui avait appartenu à sa mère, et cacha sous la jupe la petite bourse de velours que venait de lui remettre sa grand-mère.

Ensuite, elle alla trouver Nadia pour lui faire part du cadeau que Fatuma lui avait fait. Elle chercha sa mère dans toutes les pièces, mais ne la trouva pas.

Finalement, elle entendit des femmes qui parlaient tout doucement, murmurant presque.

Leurs voix venaient de la cour de derrière, où la famille élevait quelques chèvres et brebis.

Sa mère était là, entourée de ses trois sœurs, venues lui faire leurs adieux. Elles étaient accompagnées par le mari de la cadette, car les barbus, qui ne songeaient qu'à donner des ordres, n'autorisaient pas les femmes à se déplacer seules dans les rues. Elles devaient toujours être accompagnées par un homme.

Les sœurs étaient arrivées couvertes de leur burqa, un voile épais qui les enveloppait de la tête aux pieds, avec juste un petit grillage à hauteur des yeux pour leur permettre de voir un peu et de respirer.

— Quand je porte la burqa, je ne vois plus la vie de la même manière, disait Nassima. Je la trouve plus triste, plus sombre.

— Tellement sombre que beaucoup de femmes sont renversées dans la rue parce qu'elles n'ont pas assez de visibilité pour se déplacer ! ajoutait sa grand-mère, indignée et impuissante.

Les tantes de Nassima étaient totalement enveloppées dans des vêtements amples. On n'en voyait sortir qu'une de leurs mains, qui retenait le voile afin qu'il ne se soulève pas, car c'était une de ces journées où soufflait l'air sec typique de Kaboul ; il rendait la respiration difficile, et faisait pénétrer la poussière dans les vêtements, dans les maisons, dans les moindres recoins.

Dans la cour, enfin à l'abri, les tantes de Nassima découvrirent leur visage. Mais elles n'osèrent pas enlever complètement leur voile.

Elles regardèrent de tous côtés, car si quelqu'un les voyait le visage découvert, elles seraient punies. Les talibans forceraient leurs maris à les fouetter.

— Rassurez-vous, il n'y a que Fatuma et Nassima à la maison, dit Nadia d'un ton tranquille.

Soulevant leurs amples jupes, ses sœurs entrèrent dans la maison et gagnèrent la cuisine.

Après avoir salué Fatuma et lui avoir demandé des nouvelles de sa santé, elles s'assirent devant la longue table et savourèrent un thé accompagné de biscuits aux amandes et au miel.

— Nous ne pouvons rester que quelques minutes. Nos maris ne savent pas que nous sommes sorties, dirent les plus âgées, un peu inquiètes.

— Et s'ils s'en aperçoivent, qu'est-ce qui va se passer ? demanda Nassima.

— Ils se mettront en colère, et ils nous imposeront peut-être une punition, répondit l'une d'elles, résignée.

— Une punition ?! s'exclama Nassima, indignée, tandis que sa mère, du regard, lui faisait signe de se taire.

En fait, les maris des deux sœurs aînées de Nadia collaboraient avec le gouvernement taliban. C'était par intérêt plus que par conviction sincère. Mais le fait est qu'ils tenaient leur femme comme dans une prison.

En revanche, le mari de la plus jeune n'avait pas ces idées ; il défendait les droits de sa femme et de ses filles. Il avait approuvé Saïd quand celui-ci lui avait fait part de son intention d'envoyer Nadia et Nassima à Rome, auprès de son frère Hussein.

Les femmes continuaient à parler d'un ton très bas, elles avaient très peur qu'une voisine les entende. Les réunions de plusieurs personnes, même les réunions de famille, étaient interdites elles aussi.

— Nadia, nous te souhaitons très bonne chance, dit une des sœurs aînées.

— Tous les matins, nous dirons des prières à Allah pour que les talibans s'en aillent et que vous reveniez de Rome, la petite et toi, ajouta la cadette, approuvée de la tête par son mari.

De retour dans la cour, avant de sortir dans la rue, les femmes remirent leur burqa, puis se dirigèrent vers leur maison d'un pas rapide.

En revenant dans la cuisine, Nadia dit à Nassima qu'elles allaient préparer le sac qu'elles emporteraient, et qu'elle devait rassembler ses affaires.

— Prends peu de choses, s'il te plaît, ma fille, recommanda-t-elle.

Alors que Nassima pliait avec soin les deux seules robes qu'elle possédait, elle entendit un drôle de bruit : il provenait d'une toute petite fenêtre qui se trouvait à l'extrémité de la maison. On aurait dit une sorte de sifflement.

Elle comprit vite qu'il s'agissait de son ami Mohamed : le bruit était pareil à celui qu'il faisait autrefois en essayant d'imiter les oiseaux lorsqu'ils allaient dans les champs.

Nassima grimpa sur une chaise et regarda par la petite fenêtre protégée par une épaisse grille, mais elle ne vit rien.

— Qui est là ? demanda-t-elle.

Pas de réponse. Elle se remit à plier ses vêtements, mais, quelques secondes plus tard, elle entendit de nouveau le même bruit. Elle s'approcha encore de la fenêtre, et murmura :

— Mohamed !

— Je suis là, sous la fenêtre. Ouvre-moi la porte de la cour, vite !

C'était bien la voix de son ami ! Nassima fut bouleversée. Elle courut jusqu'à la cour et, s'étant frayé un passage entre les chèvres, elle ouvrit prudemment. Mohamed entra tel un ouragan.

Chapitre 2

— Papa m'a appris que tu quittes le pays avec ta mère, dit Mohamed, très agité.

— Oui, c'est vrai, admit tristement Nassima. Mon père dit que ça vaut mieux pour nous, ajouta-t-elle comme pour se justifier envers son ami.

— Mais c'est très dangereux ! Si les talibans le découvrent, ils peuvent vous mettre en prison et vous fouetter sur la place Centrale, comme ils l'ont déjà fait pour d'autres femmes. Et ton père, il pourrait lui arriver n'importe quoi ! s'exclama Mohamed, de plus en plus nerveux et inquiet.

Il pensa que ces hommes étaient bien

capables de pendre le père de Nassima à un poteau électrique, comme ils l'avaient fait des mois plus tôt avec un ancien président du gouvernement ; et de l'y laisser ensuite pendant des jours et des jours pour donner l'exemple à la population.

— Si nous arrivons à quitter le pays et à rejoindre Rome, nous vivrons beaucoup mieux. Je pourrai retourner à l'école et maman aura le droit de travailler, argumenta Nassima.

— Ça c'est vrai ! Tu pourras aussi voir les westerns que j'aime tellement. Ou regarder ces émissions de télévision si merveilleuses qu'on passait, ici, rêva à haute voix Mohamed.

— Quelles émissions ?

— Celles sur les Esquimaux. C'était magnifique, précisa l'ami de Nassima.

En effet, on ne pouvait plus voir de films, en Afghanistan. Ces talibans qui faisaient si peur à Mohamed avaient fermé les rares salles de la ville ; ils avaient aussi ordonné aux habitants de remettre leurs téléviseurs et leurs cassettes vidéo au gouvernement.

— Ils disent que c'est mauvais pour notre âme de regarder la télévision, murmura Nassima.

— Mauvais ? Mais pas du tout ! Pourquoi je

n'aurais pas le droit de voir des documentaires, et de m'imaginer que je me trouve dans un pré bien vert au lieu d'être à Kaboul, où tout est sec et où il ne pleut presque jamais ? demanda Mohamed, furieux.

Pour lui, le jour où son père, Ossada, avait dû rendre leur téléviseur restait l'un des pires de sa vie. Le petit garçon avait pleuré amèrement pendant qu'Ossada débranchait l'appareil, acheté à un commerçant d'Islamabad qui venait de temps à autre à Kaboul pour y vendre des appareils électroménagers d'occasion. Pour Mohamed et sa famille, il n'y avait pas d'autre possibilité de voir des films.

Il y avait longtemps, maintenant, que le commerçant ne venait plus. Depuis que la guerre avait commencé, et que ces fous barbus avaient pris le pouvoir par les armes, on ne vendait plus de réfrigérateurs, plus de téléviseurs, on ne vendait plus rien du tout. On ne pouvait même pas jouer aux échecs ; ni écouter de la musique – sauf de la musique religieuse. C'était interdit, comme le reste.

— Ici, tout est interdit, absolument tout, commenta Mohamed, amer.

— Tu peux quand même lire encore en

cachette, lui dit Nassima pour lui remonter le moral.

Bien qu'il fût interdit de lire, Mohamed avait caché ses livres préférés sous son matelas. Quand il avait envie de rêver, ce qui lui arrivait très souvent, il s'enfermait dans sa chambre et lisait.

— Si je m'enferme, ce n'est pas à cause de mes parents, souligna-t-il.

— Alors, pourquoi ?

— Eh bien, à cause de certains voisins qui viennent chez nous. Même s'ils prétendent le contraire, ils soutiennent les talibans et ils sont bien capables de moucharder.

— Tu parles sérieusement ? s'écria Nassima d'un ton incrédule.

— Bien sûr. Je déteste ces hommes, et ils me font peur, admit Mohamed. Mais ne parlons plus d'eux.

Il prit un air grave et déclara :

— En fait, je suis venu te demander quelque chose.

— Quoi ? s'enquit Nassima, curieuse, en l'entraînant dans la maison.

Pendant qu'ils buvaient l'un de ces délicieux jus de raisin dont grand-mère Fatuma avait le secret, Mohamed annonça d'un air très sérieux :

— On pourrait s'enfuir ensemble.

— Tu es fou ! Si les talibans nous prennent, ils nous tueront, rétorqua Nassima.

Elle se sentit très nerveuse et très agitée. D'abord, elle dévisagea son ami d'un air furieux, puis elle cria :

— Et de toute façon, où veux-tu qu'on aille sans un afghani* ni un dollar ni rien du tout ? En plus, on n'a que dix ans !

— J'avais pensé qu'on pourrait aller jusqu'aux ruines de Pangiashah*, avoua timidement Mohamed. On a toujours désiré faire cette excursion.

— Et on pourrait être de retour avant la nuit ? s'enquit tout à coup Nassima.

— Bien sûr !

Sans y réfléchir à deux fois, Nassima lança :

— Alors, allons-y !

Elle ne voulait surtout pas laisser passer une telle aventure ! Ils en avaient tant de fois rêvé ensemble !

Ils mirent à profit une distraction de Fatuma pour s'esquiver. Après s'être enveloppée d'une burqa blanche, Nassima ouvrit la porte de la cour avec de grandes précautions, et tous deux sortirent en hâte.

Se tenant par la main, ils marchèrent d'un pas rapide par les rues poussiéreuses, où ils croisaient de temps à autre un berger qui rentrait avec ses chèvres ou ses brebis. Mohamed et Nassima connaissaient très bien tous leurs voisins ; aussi, lorsque quelqu'un approchait, ils se cachaient dans la cour de la première maison venue.

— Il vaut mieux que personne ne nous voie. Même pas les gens de confiance, disait Mohamed, excité et content.

De cette manière, ils parvinrent à la route qui les conduirait aux ruines de Pangiashah. Le chemin était difficile, il faisait chaud, et ils n'avaient rien emporté pour se désaltérer.

Après avoir marché pendant un bon moment, ils virent, dans une sorte d'immense grotte obscure, un vieillard à barbe blanche qui se reposait, entouré de caraculs, ces moutons qui donnent la fourrure d'astrakan.

— Monsieur, nous avons très soif, pourriez-vous nous donner de l'eau ? demanda poliment Mohamed, car son père lui avait enseigné à traiter les personnes âgées avec respect.

— Buvez l'eau de ma gourde, elle est très fraîche, dit le berger d'une voix un peu cassée.

Il ajouta avec curiosité :

— J'aimerais bien savoir ce que vous faites tout seuls sur cette route.

— Notre grand rêve est de voir les ruines de Pangiashah. Nos parents nous parlent tout le temps de leurs excursions là-bas, de leur beauté merveilleuse, et des souvenirs qu'ils en ont gardés, répondit Mohamed.

— Mais est-ce que vous savez ce qui pourrait vous arriver ? demanda le vieux berger, alarmé.

Prudemment, Mohamed répondit :

— Eh bien, on sait que la route est longue, qu'on aura chaud et qu'on pourrait s'égarer.

— Non, non, ce n'est pas de ça que je parle. Et si vous rencontrez ces barbus qui se promènent armés jusqu'aux dents ? Ils prétendent qu'ils sont les véritables représentants d'Allah sur la terre !

— Ben... je ne sais pas.

— S'ils vous prennent, ils vous fouetteront. Et vos parents, ils les jetteront en prison ou ils les pendront, affirma le vieillard à barbe blanche.

Mohamed et Nassima furent très effrayés. Ils ne comprenaient pas.

— Nous ne faisons rien de mal, dit Nassima.

Ils voulaient seulement passer leur dernier jour ensemble, voir les ruines qu'ils désiraient tant admirer, faire trempette dans le Kaboul* – en gardant leurs vêtements, évidemment –, se sécher sous un pin et, sur le chemin du retour à la maison, cueillir des figues et des abricots, leurs fruits préférés.

— Nos parents et nos grands-parents ont fait cette route des milliers de fois, insista Mohamed.

De temps à autre, expliqua-t-il, sa famille, profitant d'un jour de fête, quittait très tôt la maison avec des provisions et une gourde de thé frais, dans le camion brinquebalant du père de Mohamed.

Après avoir visité les ruines, ils remontaient dans le véhicule et allaient voir les colonnes de Munar et Chajari. Elles indiquaient aux pèlerins bouddhistes le chemin qu'ils devaient suivre pour arriver à Naragahara, lieu de recueillement et de prière.

Regardant le vieux berger droit dans les yeux pour voir s'il l'avait convaincu, Mohamed conclut :

— Nos familles aiment beaucoup découvrir des choses nouvelles, d'autres coutumes…

Ses parents savaient qu'il existait aussi quelques villages chrétiens, même s'ils ne connaissaient personne qui pratiquait la religion chrétienne, à part les gens qu'ils avaient parfois vus à la télévision en noir et blanc, ou certains Européens qui roulaient dans les voitures des Nations unies.

— Tout ce que nous connaissons, c'est la religion musulmane et Allah, dit Nassima.

— Moi, je prie Allah deux fois par jour, avant de me coucher et au lever, précisa Mohamed.

Nassima continua :

— Avant que les talibans arrivent, chez moi, on pratiquait notre religion dans la tranquillité, comme dit mon père. On ne mangeait pas de porc, papa ne buvait pas d'alcool, on jeûnait de temps à autre… c'est tout.

Tristement, Mohamed commenta :

— Papa dit que ces hommes sont étudiants en théologie. En tout cas, depuis qu'ils ont décidé qu'ils sont les représentants d'Allah, notre vie a changé.

— Pour le pire ! ajouta Nassima, en colère. Pour les femmes et les filles, la vie a changé plus que pour vous.

Mohamed approuva d'un signe de tête et murmura :

— Ils m'ont contrarié parce que je ne te vois pratiquement jamais, maintenant.

Nassima se rappela comment était sa vie, avant. Elle aimait aller à l'école avec ses amies, écouter les histoires que leur contait leur maîtresse, Rania, jouer dans la cour et, le soir, aider son père à tisser des tapis. Ce travail lui plaisait tant que, la nuit, dans sa chambre pauvrement éclairée par une ampoule nue, elle dessinait les paysages qui décoreraient plus tard ses propres tapis.

Son jour préféré était le vendredi, jour de repos : les filles et les garçons se réunissaient dans la rue pour jouer à cache-cache ou pour faire des concours de saut en longueur.

Quand ils étaient fatigués de leurs jeux, ils s'asseyaient pour bavarder. Puis, s'ils avaient été sages pendant la semaine, leurs parents les emmenaient au cinéma. Nassima raffolait des films dont les héros étaient des animaux, mais elle aimait aussi les westerns. Dans la salle, par-dessus le fracas des coups de feu et du galop des chevaux, on entendait les cris de Mohamed qui encourageait les Indiens.

« C'est fini, tout ça, se dit-elle avec une grande

nostalgie. Nous ne pouvons plus faire des batailles de boules de neige sur la place Riad en plein hiver. Tout ce qu'on aimait n'existe plus. »

Mohamed et Nassima n'avaient pas très envie de quitter cette grotte. Elle les abritait de la chaleur ; et de la tempête de sable qui avait commencé à se lever et qui était si désagréable. Et puis, ils se sentaient bien avec ce berger paisible, qui parlait peu, et semblait avoir perdu la notion du temps.

Pour changer de conversation, Mohamed lui demanda :

— Et vous, monsieur, où habitez-vous ?

— Au sud de Kaboul, sur la place de la mosquée de Damas.

— Et vous venez tous les jours ici avec vos moutons ?

— J'y viens presque tous les jours, maintenant, puisque que je vis seul. Je n'aime pas passer de nombreuses heures à la maison, expliqua le vieux berger.

Il leur dit qu'il s'appelait Abdul, et qu'il était veuf depuis longtemps – depuis l'époque de ses quatre-vingts ans.

— Le mois prochain, j'aurai cent ans. Mon existence touche à sa fin, ajouta-t-il, mais cela m'est égal, car je voudrais rejoindre ma femme et mon petit-fils.

— Cent ans ! s'exclamèrent les enfants, très impressionnés, et presque effrayés d'apprendre qu'il était si vieux.

Mais ce qui leur faisait le plus peur, c'était qu'Abdul voulait être réuni à son petit-fils.

— Et où est-il, votre petit-fils ? demanda Mohamed tandis que Nassima lui décochait un coup de coude pour le faire taire.

— Les talibans l'ont tué il y a quelques années, quand ils sont entrés dans Kaboul, répondit lentement Abdul avec un regard d'une tristesse infinie.

Cela avait eu lieu un 27 septembre, et voici comment, expliqua-t-il aux enfants :

— Hassan, mon petit-fils, travaillait avec moi, il s'occupait de ces caraculs et, le jour de repos, il allait au nord de la ville, près des montagnes de l'Hindu Kuch*, pour rendre visite à sa fiancée…

Abdul fit un portrait enthousiaste de son petit-fils, qui s'occupait si bien des brebis, qui était si affectueux avec sa grand-mère, qui avait des yeux si expressifs. Le grand rêve du vieux berger avait été d'avoir des arrière-petits-enfants, et de se promener avec eux sur les rives du fleuve Kaboul, ou bien parmi les amandiers que sa femme avait plantés près de leur maison.

Mais il avait dû renoncer à ses rêves l'un après l'autre, et maintenant il était seul avec ses moutons, qui seraient sacrifiés pour qu'on puisse confectionner avec leurs peaux les manteaux d'astrakan dont raffolaient certaines femmes occidentales.

Tandis que Mohamed et Nassima, fascinés, l'écoutaient parler, dans leur famille, l'angoisse était grande.

Fatuma s'était aperçue que sa petite-fille n'était plus à la maison. Elle la chercha dans les chambres, dans les armoires, dans la cour. Puis, voyant qu'elle ne la trouvait pas, elle appela Nadia, sa belle-fille, qui était occupée à préparer les bagages pour son long voyage avec sa fille.

— Nassima et Mohamed ont disparu, dit la grand-mère d'une voix tremblante.

— Qu'Allah nous protège ! s'exclama Nadia.

Et elle se mit à pleurer. Elle pressentait le pire.

Les deux femmes, très inquiètes, voulaient partir à la recherche de leur petite aux cheveux frisés et aux yeux noirs ; mais elles ne pouvaient pas sortir dans la rue toutes seules. Il fallait qu'un homme les accompagne, et Saïd n'était pas à la maison ; il était allé faire ses préparatifs en vue du voyage que sa femme et sa fille entreprendraient cette nuit-là.

— Nous ne pouvons rien faire tant que Saïd ne sera pas de retour. Seulement prier, se lamenta Fatuma.

Nadia alla dans la cour, monta sur un tabouret et, par-dessus le mur de clôture, se mit à faire des signes à ses voisins.

De là où elle se trouvait, elle entendait les parents de Mohamed qui parlaient à haute voix, en criant presque. Mais personne ne lui prêtait attention. Son anxiété ne cessait de grandir.

Enfin, une sœur de Mohamed l'entendit qui appelait au secours. Elle apparut à une fenêtre de la maison, protégée comme toutes les autres par d'épaisses grilles, et vit Nadia en larmes. Elle alerta aussitôt ses parents, Ossada et Salika, qui traversèrent la rue en courant avec leurs enfants pour voir ce qui se passait.

— Nassima a disparu ! dit Nadia. J'ai peur qu'elle ne soit partie avec Mohamed.

— Ils sont peut-être allés cueillir des figues, comme avant, dit une sœur du garçonnet.

— Ou bien à l'ancienne école où ils allaient ensemble, ajouta Salika, la mère de Mohamed.

Nadia les écouta en silence, elle avait la gorge nouée et n'arrivait pas à parler. Tout à coup, Fatuma suggéra à Ossada :

— Et s'ils étaient allés aux ruines de Pangiashah ?

Alors, Ossada se rappela que son fils lui avait demandé des tas de fois de lui raconter ses excursions en camion à cet endroit.

— Fatuma a raison ! s'exclama-t-il.

Mais son vieux camion était en panne, et il ne pouvait se risquer à partir seul, à pied, à la recherche des enfants.

— Cours chercher Saïd à l'entrepôt, lui dit Nadia.

Ossada s'en fut en toute hâte jusqu'à la fabrique de tapis, où il arriva haletant et en sueur.

Par chance, Saïd était sur le seuil, surveillant le chargement du monceau de tapis qu'il devait transporter au Pakistan. C'était justement au beau milieu de cette marchandise qu'il envisageait de cacher sa femme et sa fille. Bien entendu, personne, à la fabrique, n'était au courant.

Saïd tenait à rester discret. Un seul de ses

neveux devait l'accompagner au Pakistan. Là, ils vendraient les tapis et les tapisseries et, en quarante-huit heures, ils seraient de retour à Kaboul : l'autorisation spéciale de sortie du pays que lui avait concédée le ministère du Commerce n'était valable que pour deux jours.

Depuis que les talibans s'étaient emparés de la capitale de l'Afghanistan, il était interdit de franchir la frontière. Cependant, la famille de Saïd obtenait, en de rares occasions, un laissez-passer de quarante-huit heures. À Kaboul, beaucoup de gens vivaient de la fabrication des tapis et de leur revente au Pakistan, le pays voisin. Pour eux, c'était le seul moyen de faire rentrer un peu d'argent au foyer.

Ossada aborda Saïd avec beaucoup de nervosité, l'attira à l'écart, à quelques mètres du camion, et lui souffla à l'oreille :

— Mohamed et Nassima se sont enfuis.

Saïd eut l'impression que le monde s'effondrait sous ses pieds. Tous ses projets étaient anéantis !

— Ce n'est pas possible ! s'exclama-t-il à voix basse, en s'efforçant de ne pas trahir son trouble.

Ossada lui fit part des soupçons de Fatuma : les enfants avaient dû partir pour les ruines de

Pangiashah. Saïd réalisa que personne, même pas ses neveux, ne devait apprendre la fugue de sa fille et de Mohamed. Si la nouvelle parvenait jusqu'aux énergumènes qui avaient pris le pouvoir, les enfants seraient en danger.

D'un pas lent et assuré, il entra dans l'entrepôt où il annonça à ses employés et à ses proches qu'il allait chez son voisin Ossada pour conclure quelques affaires ; il ne savait pas exactement à quelle heure il reviendrait.

L'aîné de ses neveux lui rappela qu'ils devaient se mettre en route pour la frontière pakistanaise à minuit :

— Tu sais bien que nous ne pouvons pas traîner, mon oncle. Nous n'avons que deux jours pour faire le trajet, vendre et revenir. Et cette fois-ci, il nous a fallu beaucoup d'efforts et d'argent pour obtenir la permission de franchir la frontière.

Saïd savait en effet que, s'ils manquaient cette occasion, de nombreuses familles seraient privées de moyens de subsistance au cours des prochains mois. Quand il eut rejoint Ossada, il lui dit avec angoisse :

— Nous n'avons que quelques heures pour retrouver nos enfants.

— Et si nous ne les avons pas retrouvés avant la nuit, que vas-tu faire?

— Je serai obligé de partir vers Peshawar* à minuit pile, avec ou sans ma femme et ma fille, répondit Saïd.

Et, malgré lui, ses grands yeux noirs se remplirent de larmes.

Chapitre 3

Mohamed et Nassima étaient toujours à l'abri dans la grotte fraîche, près du vieux berger qui leur racontait sa vie sans tenir compte de l'heure.

Tout en caressant sa longue barbe blanche, qu'il ne coupait jamais comme les talibans l'avaient ordonné, il leur narra des fables qui s'étaient transmises de génération en génération.

Le regard braqué sur la tempête de vent et de sable qui grossissait de minute en minute, Nassima dit soudain à voix basse :

— Vous voulez savoir quel est mon plus grand rêve ? Être un garçon comme Mohamed.

— Mais qu'est-ce que tu racontes ? s'exclama son ami.

— Si j'étais un garçon, je pourrais aller à l'école comme toi, je pourrais sortir seul dans la rue, travailler, jouer, et surtout, je ne serais pas obligée de m'enfuir enveloppée dans un tapis.

— Mais arrête, Nassima !

— Si, je veux être un garçon ! Pour continuer à vivre chez moi avec mes parents et ma grand-mère ! insista la fillette, très énervée.

Elle continua :

— Je serais bien plus heureuse ! Je pourrais sortir sans burqa, je continuerais à tisser des tapis, et je ne serais pas obligée de me séparer de papa.

Et elle se mordit les lèvres pour contenir son envie de pleurer.

Nassima avait peur de ne plus revoir son père. Elle ne voulait pas voyager enroulée dans un tapis ; elle ne voulait pas monter en avion ; et elle ne voulait pas vivre à Rome : dans cette ville, elle serait considérée comme une étrangère, avec ses vêtements longs jusqu'aux chevilles et le voile qui lui masquait le visage. Et puis, elle ne connaissait pas l'italien. Elle ne parlait que le pachtoun, elle n'était jamais sortie d'Afghanistan.

Pendant qu'elle s'obstinait à rêver qu'elle devenait un garçon, la tempête avait augmenté. Abdul conseilla à ses jeunes amis d'attendre que le temps s'améliore avant de quitter la grotte ; il leur offrit une nouvelle fois l'eau de sa gourde, avec la lenteur de paroles et de gestes qui le caractérisait. Il était très calme.

En revanche, les familles de Nassima et de Mohamed, réunies chez Saïd, étaient de plus en plus bouleversées et inquiètes.

Tout le monde s'était s'installé autour de la grande table de la cuisine et, tandis que Fatuma préparait du thé, les parents et les frères et sœurs des enfants discutaient de ce qu'il fallait faire.

— Je suis prêt à pousser jusqu'aux ruines de Pangiashah. Je suis sûr qu'ils sont là-bas, déclara Ossada.

— Moi, je me rendrai au champ de figuiers et d'abricotiers et, ensuite, j'irai voir à leur école, dit Saïd.

— Nous, nous resterons à la maison et nous prierons pour que tout se termine bien, soupira Nadia, résignée et impuissante.

Comme Salika, la mère de Mohamed, elle aurait bien aimé pouvoir agir !

Saïd donna des instructions aux femmes :

— Si quelqu'un me demande, dites que je suis au travail, ou à la mosquée.

Il avala une grande rasade de thé et partit.

Bientôt, Nadia et Fatuma se retrouvèrent seules, dans les bras l'une de l'autre. Nadia avait les yeux pleins de larmes, et une grande peur la tenaillait : que les hommes barbus surprennent sa fille seule en pleine rue. Ce serait le plus grand malheur qui puisse leur arriver. Nassima serait blâmée, et sa faute rejaillirait sur Saïd.

— Ils le tueront, comme ils ont fait avec notre voisin, Omar, le mari de la doctoresse Khalada, quand ils ont découvert qu'il aidait sa femme à se déguiser en homme pour visiter les malades, dit la grand-mère d'une voix brisée.

— Tu te souviens du jour où ils ont enfoncé la porte de leur maison et où ils ont emmené Omar en le rouant de coups ? dit Nadia, soudain plongée dans ses souvenirs.

— C'était horrible. Deux jours après, il était pendu sur la place du Prophète, et Khalada, ils lui ont donné vingt coups de fouet dans le dos et l'ont menacée de la tuer si elle continuait à soigner les malades.

Maintenant, Khalada vivait seule chez elle, et subsistait grâce à la nourriture que ses voisins lui apportaient en cachette pendant la nuit.

— La vie de Khalada est si triste ! Pas de fils, plus de mari, commenta Nadia avec la chaleur et la bonté qui la caractérisaient.

— Et elle ne peut plus exercer son métier de gynécologue, elle qui était si connue et si estimée dans le monde entier, acheva Fatuma.

— Pas étonnant qu'elle soit tout le temps déprimée, soupira Nadia.

Puis elle repensa aux enfants, et se tut.

Saïd longea d'un pas rapide les chemins qui menaient au champ de figuiers. Mais là, il n'y avait personne. Il continua à marcher, en sueur, désespéré, craignant qu'il ne soit arrivé quelque chose d'horrible à sa fille, et ne sachant que faire.

Il se dirigea vers l'école où il accompagnait chaque jour Nassima avant l'arrivée au pouvoir des talibans.

En route, il se remémora le contact de l'air, frais au printemps et glacé en hiver, qui leur rafraîchissait le visage et les mains. Tous les matins, ils quittaient ensemble la maison, main dans la main. Nadia, elle, était partie une demi-heure plus tôt ; elle travaillait alors au ministère de l'Éducation. Quant à Fatuma, elle restait à la maison pour faire le ménage et cuisiner.

Soudain, Saïd entendit des cris, des coups de feu, du bruit. Que se passait-il ? Il fut saisi d'une profonde angoisse et son cœur se contracta à l'étouffer. Il voulut rejoindre l'ancienne école de Nassima, mais quelqu'un l'empoigna par sa chemise et le précipita à terre.

— Viens par ici, traître ! Qui espionnes-tu ? lui cria un de ses agresseurs en lui expédiant un violent coup de pied dans la mâchoire.

La tête de Saïd heurta le sol, la terre et les cailloux meurtrirent ses joues. Du sang apparut à sa lèvre inférieure.

— On peut savoir où tu allais ? hurlèrent encore ses assaillants en le bourrant de coups de pied.

— Je n'espionnais personne ! bredouilla Saïd. J'aide mon voisin Ossada à chercher son fils, c'est tout.

— Et pourquoi dois-tu l'aider à le chercher ? aboya un soldat taliban.

— Parce que le petit est sorti de la maison

très tôt ce matin et qu'il ne sait pas où il est allé.

— Tu mens ! hurla un taliban qui brandissait une Kalachnikov.

— C'est la vérité, je le jure par Allah ! répondit Saïd, désespéré.

À cet instant, une fusillade éclata à quelques mètres. En un rien de temps, la rue, envahie d'hommes armés et barbus, ne fut plus que vacarme et colère. Tous criaient :

— Attaquez-les !

Saïd, plaqué au sol sans pouvoir bouger, ne savait pas très bien qui ce « les » désignait. Il entendait des cris :

— Hors d'Afghanistan, traîtres… !

Mais il ne voyait rien. Il sentait seulement un énorme pied lui écrasant le dos, et contre sa nuque, le métal froid d'une arme.

Au beau milieu des hurlements et des insultes, les détonations reprirent. Cette fois, ce fut intense, assourdissant, claquant. Et au moment où retentissaient les coups de feu, on commença à entendre des rires et des applaudissements.

Saïd ne savait plus trop si ce qu'il percevait était réel ou s'il s'agissait d'un cauchemar. Tout se mêlait : les insultes et les tirs, les déflagrations et les bravos.

Soudain, une voix qui lui était familière déclara :

— On les a liquidés. Il n'y a pas un seul survivant.

Saïd jeta un regard de biais en direction de cette voix et vit son beau-frère, Farid, le mari d'une sœur de Nadia.

Il était là, dans tout ce tumulte, arme en main, lançant des insultes et participant sans doute à la tuerie.

Saïd fut stupéfait. Il avait toujours pensé que certains de ses parents appuyaient les talibans par intérêt, pour faire de meilleures affaires et avoir plus d'influence et de pouvoir dans le pays ; mais jamais il n'aurait imaginé que son beau-frère par alliance, Farid, qui était si riche et avait de si bonnes manières, puisse se retrouver une arme à la main, en train de tirer sur d'autres hommes.

— Farid, je t'en prie, aide-moi ! cria-t-il d'une voix étranglée.

Son beau-frère se retourna. Son visage se figea lorsqu'il vit Saïd au sol, la bouche ensanglantée, le visage égratigné et bleui de coups.

— Saïd, mais qu'est-ce qui se passe ? demanda-t-il, effrayé.

— Je ne le sais pas moi-même, répondit Saïd.

— Nous l'avons arrêté comme espion, il nous observait caché derrière ce coin ! cria le taliban qui le maintenait rivé au sol.

« Ce bon Saïd qui ne sait que tisser des tapis et s'occuper de sa famille, le voilà ici, à terre, accusé d'être un espion ! » pensa Farid, totalement abasourdi.

— Ce n'est pas vrai ! cria Saïd, avec force cette fois. Je cherche le fils d'un voisin, le fils d'Ossada, le petit Mohamed.

Farid demanda à l'un des jeunes gens qui venaient d'être ses compagnons de tuerie :

— S'il vous plaît, laissez-le se relever. Saïd est un brave homme, incapable de trahir qui que ce soit.

— Impossible, nous l'avons arrêté ! répondit d'un ton arrogant le meneur du groupe.

Farid s'éloigna en courant et s'adressa à un chef militaire, assis dans une fourgonnette.

— Je vous prie, au nom d'Allah, de relâcher ce brave homme, insista-t-il sans rien perdre de ses bonnes manières.

— Nous allons amener ce fabricant de tapis au Centre de détention pour l'interroger et, ensuite, nous verrons ce que nous en ferons, lui répondit le militaire, d'un ton désagréable et sans le regarder.

— Vous le connaissez ? s'étonna Farid.

— Oui, bien sûr, ma famille habite en face de sa fabrique.

— Mais alors, vous devez savoir que c'est une bonne personne !

— Tout ce que je sais, c'est qu'il profite de ses prétendus voyages d'affaires pour dire du mal de nous au Pakistan, dit ironiquement le militaire.

— C'est impossible ! cria Farid avec colère. Saïd est le plus discret des hommes.

Malgré son insistance, le chef ordonna qu'on fasse monter Saïd dans un camion brinquebalant et poussiéreux, et qu'on l'emmène au Centre.

Quand on voulut le relever, Saïd éprouva une vive douleur au thorax. Il pouvait à peine bouger, il avait l'impression qu'il avait quelque chose de cassé à l'intérieur. Il fallut que deux hommes le traînent en le saisissant par les bras. En arrivant au camion, ils l'y jetèrent tel un sac de pommes de terre.

Une fois affalé là, environné de blessés, Saïd put observer ce qui l'entourait, et il comprit alors la phrase de son beau-frère : « On les a liquidés. Il n'y a pas un seul survivant. »

Il vit une fourgonnette des Nations unies, d'où les barbus sortaient plusieurs morts. Bien que ces derniers fussent couverts de sang et de poussière, il put identifier un jeune Indien, Kibù, qui travaillait pour un organisme international et qui, de plus, donnait des cours dans l'ancienne école de Nassima, car il était licencié en histoire.

À la suite de Kibù, ils sortirent le cadavre d'un autre jeune homme très blond, vêtu d'un pantalon et d'une chemisette blanche. Saïd ne put distinguer son visage. Mais un des talibans qui le traînaient observa que c'était un médecin européen.

Saïd ne s'était jamais senti aussi mal. Son angoisse était si grande, le nœud qui lui serrait la gorge si oppressant face à toute la haine qui l'environnait, qu'il n'arrivait pas à reprendre ses esprits.

Après le chargement d'un ou deux prisonniers supplémentaires, le camion démarra. Du haut du véhicule, Saïd vit que les hommes armés mettaient à sac les boutiques de téléviseurs et de radios, et amassaient les appareils au milieu de la rue. Ils arrachaient aussi les antennes de télévision et les entassaient avec les montagnes de livres qu'ils prenaient par force dans les maisons.

— Qu'est-ce qu'ils veulent faire avec tout ça ? demanda Saïd au prisonnier proche de lui.

— Y mettre le feu, évidemment, répondit l'homme, qui semblait épuisé.

— Le feu ? s'étonna Saïd.

— Oui, le feu ! cria un soldat. Pour purifier les âmes du peuple de Kaboul !

— Ils sont fous ! murmura Saïd, épouvanté.

Puis, se tournant vers son compagnon prisonnier, il souffla :

— Je n'ai jamais vu autant de haine dans les yeux d'un homme.

— Moi non plus, approuva à voix basse son compagnon. Et pourtant, à notre âge, nous en avons vécu des guerres, des invasions… de tout.

Le camion stoppa brusquement.

Enfin, ils étaient arrivés à l'endroit que ces hommes appelaient Centre de détention. On les fit descendre du camion à coups de pied, et on les traîna à l'intérieur d'une vieille maison, aux parois délavées et crasseuses. Le sol était couvert de terre et de sang, et il y régnait une odeur âcre et pénétrante.

Pour essayer d'oublier sa terreur, Saïd se

concentra sur son grand rêve : sortir du pays sa femme et sa fille. En cet instant, il comprenait plus clairement que jamais qu'il leur était impossible de rester à Kaboul. Elles méritaient une vie meilleure. Et elles pourraient sûrement revenir dans peu de temps, car, il en était convaincu, les gens ne supporteraient pas que ces hommes brutaux restent les seigneurs et maîtres de l'Afghanistan.

— Ça ne peut pas durer, se dit-il en essuyant le sang qui coulait de sa bouche, tandis que résonnait sans cesse le claquement sec et menaçant des portes en fer du Centre de détention.

Il regarda avec compassion son beau-frère, et lui murmura à travers les grilles de la cellule qui l'en séparaient :

— Farid, j'ai l'impression que tu as peur, toi aussi, que tout t'échappe.

— Tu as raison, répondit tristement Farid.

Il avait toujours su diriger habilement ses entreprises de charbon, et jouer de ses liens avec les hommes les plus riches et les plus influents du monde arabe. Il avait cru pouvoir jeter de la poudre aux yeux des talibans grâce à son expérience, sa séduction personnelle et ses magnifiques relations. Mais là, face à l'horrible cellule du Centre de détention crasseux, qui puait la sueur, le sang et le vomi, il voyait qu'il ne maîtrisait rien, que ces fous étaient incontrôlables.

Farid s'approcha de Saïd très discrètement, à un moment où les chefs militaires et leurs groupes discutaient dans une pièce voisine. Il lui demanda à voix basse à travers les grilles :

— Je t'en prie, dis-moi la vérité sur ce qui s'est passé… Même si tu n'en crois rien, je veux t'aider. Je pense que tu es quelqu'un de bien et que tu ne mérites pas ce traitement.

Saïd le dévisagea avec méfiance et incrédulité. Mais, face à l'insistance de Farid, et à la nécessité où il se trouvait de sortir de là au plus vite, il se décida à dire la vérité.

— Nassima a fait une fugue avec son ami Mohamed. Quand ils m'ont arrêté, j'allais les chercher à leur ancienne école.

Après avoir prononcé ces mots, Saïd eut l'impression que le plafond de la cellule, et même le ciel nuageux et lourd de Kaboul allaient lui tomber sur la tête. Il venait de jouer son avenir, sa vie et celle de sa fille sur une seule carte ; et si son beau-frère Farid ne se comportait pas en homme de bien, tout serait fini pour sa famille.

Il flageola sur ses jambes, et eut l'impression

que l'étau oppressant qui lui étreignait le cœur allait l'étouffer.

Farid alla dans la pièce où les chefs discutaient. Il aborda le militaire de plus haut grade, et lui lança d'une voix assurée :

— C'est intolérable ! Vous avez arrêté un brave homme, un fidèle fils d'Allah qui respecte ses lois et ses commandements !

Élevant encore le ton, il ajouta :

— Si c'est un prisonnier qu'il vous faut, arrêtez-moi, je réponds de lui et de sa famille !

Il parlait avec tant de colère, d'une voix si forte et avec un regard si furieux, que pas un de ceux qui étaient présents n'osa ouvrir la bouche.

Le commandant en chef, qui savait que Farid avait beaucoup d'influence auprès des commerçants arabes, des banquiers saoudiens et même des politiciens des pays voisins, céda. Il ordonna qu'on libère Saïd.

— Mais en échange, il doit restituer l'autorisation spéciale que le ministère du Commerce lui a accordée pour sortir du pays, dit-il avec une rage contenue.

— Quelle autorisation ? demanda un soldat.

— Celle qu'on lui a donnée pour vendre ses tapis au Pakistan. Enfin, ça c'est lui qui le prétend, qu'il va vendre des tapis, ajouta le chef d'un ton hostile.

— Et que croyez-vous qu'il fait au Pakistan ? s'enquit un militaire.

Le chef répondit :

— Il dit du mal des talibans.

— Je vous en prie, messieurs, n'insistez pas là-dessus, car je ne lui ai jamais entendu dire du mal de personne, soutint Farid.

Une minute plus tard, en apprenant sa libération, Saïd éprouva un soulagement passager, car il venait de recevoir un nouveau coup de massue. Son grand espoir de faire sortir du pays sa femme et sa fille s'effondrait. En échange de sa propre liberté, il devait rendre son sauf-conduit et renoncer à la liberté de Nadia et de Nassima !

De plus, les talibans le soupçonnaient de tenir des propos défavorables sur eux, au Pakistan !

« C'est ce qu'il pouvait m'arriver de pire », pensa-t-il.

Il avait mis tant de temps à tout organiser en détail, à économiser en secret l'argent nécessaire, à prendre contact avec les personnes qui l'aideraient ! Et soudain, tout s'écroulait.

« Je suis devenu suspect. Je n'obtiendrai peut-être plus jamais l'autorisation d'aller au Pakistan », pensa-t-il.

Il se demanda aussi :

« Comment vais-je l'annoncer à mes ouvriers ? Si je ne vends pas les tapis, ils ne seront pas payés… »

Non seulement il rémunérait les ouvriers qui venaient chaque jour à la fabrique, mais en plus, il avait maintenu la paie des femmes qui travaillaient autrefois avec lui après avoir longtemps été les ouvrières de son père et qui, depuis l'arrivée des talibans, ne pouvaient plus sortir de chez elles.

« Que vont-ils devenir, maintenant ? » s'interrogea-t-il avec angoisse.

Il aurait tant voulu sortir de ce cauchemar !

— Lève-toi, Saïd, lui dit son beau-frère en le maintenant par le bras pour l'aider à marcher. Allons-nous-en, ma voiture est devant la porte.

Saïd s'installa avec beaucoup de difficulté sur le siège avant avec l'aide de Farid. Au bout de quelques minutes, ils furent devant chez lui.

En entendant la voiture, Nadia regarda par une fente du portail et, en voyant son mari couvert de sang, elle sortit précipitamment pour lui porter secours.

— Allah tout-puissant, que t'est-il arrivé? cria-t-elle.

— Calme-toi, il n'y a rien de grave!

Farid et Nadia aidèrent Saïd à s'allonger sur son lit; ils le déshabillèrent, et lavèrent son corps et ses blessures avec un mélange d'eau et de vinaigre que prépara bien vite Fatuma.

De temps à autre, Nadia jetait un regard en biais à son beau-frère, mais elle n'osait pas le questionner. Le silence était total.

Une fois que Saïd fut lavé, sa mère lui prépara un thé chaud, qu'il avala à petites gorgées. Ensuite, elle le recouvrit d'un drap blanc.

— Repose-toi un moment, mon fils, lui murmura-t-elle.

Mais Saïd était trop anxieux à l'idée de ce qui avait pu arriver à Nassima et ne réussit pas à dormir. Quelques minutes plus tard, sentant son angoisse augmenter, il appela sa femme et son beau-frère.

— Je dois vous parler, dit-il d'un air préoccupé.

Il expliqua à Nadia ce qui s'était passé, et demanda à Farid un deuxième service.

— Le plus important, maintenant, c'est de retrouver Nassima et Mohamed. Je sais que tu m'as déjà sauvé la vie, mais je me vois contraint de te demander de sauver aussi celle de ma fille, implora-t-il.

Farid sourit.

— Bien sûr. Je vais immédiatement partir à sa recherche avec ma voiture. Personne ne m'arrêtera, moi. Tous me connaissent et me respectent, assura-t-il affectueusement.

Mais dès qu'il eut achevé cette phrase, il demeura pensif. Il se demanda si sa situation était aussi bonne qu'il le croyait, et si ces brutes le respectaient encore.

« Pour l'instant, l'important, c'est de retrouver Nassima », se dit-il enfin.

Avant son départ, Saïd l'informa qu'Ossada, le père de Mohamed, cherchait les enfants au sud de la ville, du côté des ruines de Pangiashah, qu'ils avaient toujours rêvé de connaître.

Sans rien ajouter, Farid se leva, fit un baisemain à Nadia, puis gagna sa voiture.

Saïd resta songeur.

— Allah, viens à mon aide ! Tout est si compliqué, si difficile ! Tout seul, je ne m'en sortirai jamais, murmura-t-il d'une voix implorante, mêlant les prières aux supplications.

Chapitre 4

Nassima continuait à se laisser porter par son rêve. Elle décrivait ce que serait sa vie si, au lieu d'être une fille, elle devenait un garçon... Mais Abdul et Mohamed ne cessaient de l'interrompre – Mohamed surtout –, car ils trouvaient son rêve absurde.

— Arrête ! cria Mohamed. Pourquoi veux-tu être un garçon alors que tu as toujours été la plus jolie fille de l'école ?

Il aimait les cheveux frisés couleur de jais et les yeux en amande de Nassima, son sourire immense et si expressif.

Et voilà que cette petite fille, que leurs parents avaient désignée comme sa future épouse, voulait devenir un garçon ! Elle rêvait de couper ses cheveux, d'ôter ses bracelets, sa burqa et ses jupes et de s'habiller comme lui !

— Et puis tu as un si joli nom, ajouta-t-il en rougissant.

Il lança au vieux berger, qui riait aux éclats :

— Parfaitement, je vais me marier avec elle ! Pour notre voyage de noces, nous irons au Pakistan ; après, nous franchirons la frontière indienne pour aller jusqu'à Delhi. Là, nous logerons dans un des hôtels de luxe proches du parlement, où il y a des piscines et des fontaines partout. J'en ai entendu parler à la télévision. Après nous être installés à l'hôtel et avoir pris un bon bain, nous nous promènerons en rickshaw* dans la vieille ville, et j'achèterai à Nassima un sari rouge et or. Et puis je l'emmènerai dans un de ces restaurants où on te met un collier de fleurs d'oranger quand tu arrives, et où on mange du poulet au curry.

Impressionné par la vive imagination de Mohamed, le vieil Abdul commenta :

— Eh bien ! Ça a l'air d'un voyage extraordinaire et luxueux.

— Je veux faire la même route qu'Alexandre le Grand* quand il a traversé l'Afghanistan et le Pakistan pour arriver jusqu'en Inde, déclara Mohamed.

Changeant le cours de la conversation, Abdul soupira :

— Vraiment, la façon dont ces soi-disant étudiants en théologie traitent les femmes est injuste !

— Grand-mère dit qu'on considérait les femmes avec respect avant leur arrivée, observa Nassima.

— Mon amie, la doctoresse Nazifa, soutient qu'il faut respecter les êtres humains, qu'ils soient hommes ou femmes, Noirs ou Blancs, musulmans ou chrétiens. Et je pense qu'elle a raison, déclara le vieux berger avec une vive admiration.

— Qui est Nazifa ? s'enquit Mohamed.

— Une personne remarquable qui a soigné mon épouse avec beaucoup d'affection pendant les derniers mois de sa vie, répondit Abdul, dont le regard se voila de mélancolie. Ma femme souffrait beaucoup, et la doctoresse était toujours là pour la soulager.

— Vous la voyez toujours ? demanda Nassima.

— Oui, bien sûr. Après la mort de ma femme, elle s'est occupée de ma santé. Et puis, de temps à autre, elle venait chez moi pour me tenir compagnie et prendre une tasse de thé.

— Mais, vous habitiez avec votre petit-fils, non ? observa Nassima.

— Oui, mais Hassan était toujours par monts et par vaux avec les moutons caraculs, avant que ces fanatiques l'assassinent.

— Et les parents de Hassan, où étaient-ils ? voulut savoir Mohamed.

— Mon fils et ma bru sont morts dans un des tremblements de terre qui ravagent parfois notre pays. Depuis, le petit vivait avec moi et sa grand-mère.

Après un long silence, le vieux berger soupira :

— Vraiment, c'est bien dur dans ce pays.

Les deux enfants le dévisagèrent. Abdul était assis sur sa pierre, appuyé contre une brebis, le regard fixé sur les montagnes arides.

— Chaque fois que j'ai eu besoin de la doctoresse, elle a été présente, reprit-il soudain. Même quand mon petit-fils Hassan a été blessé le 27 septembre. Nazifa s'est efforcée d'extraire les balles, elle a nettoyé ses plaies, lui a injecté des antibiotiques, mais cela n'a servi à rien. Il y avait trop de balles dans son maigre corps, il n'a pas tenu le coup.

À la mort de Hassan, Nazifa avait pleuré comme s'il s'agissait de son propre fils, et cela, Abdul ne l'oublierait jamais. Il continua encore :

— Tous les soirs, elle venait à la maison, elle me préparait à manger, elle me faisait prendre mon médicament pour mes problèmes de tension et, quand j'allais me coucher, elle rentrait chez elle, continua-t-il d'un air pénétré de reconnaissance. Bien sûr, elle me visitait toujours en cachette. Elle mettait à profit la tombée de la nuit, le peu de lumière qu'il y a dans les rues, et avant de sortir de chez elle, elle guettait toujours pour voir si une patrouille de talibans approchait. Parfois, un de ses neveux l'accompagnait.

Très ému, Abdul se tut ; il avait les joues ruisselantes de larmes.

Pour égayer un peu l'atmosphère, Mohamed se remit à divaguer sur le voyage de noces :

— Quel dommage qu'il n'y ait pas de chemin de fer en Afghanistan ! On sera obligés d'aller au Pakistan en voiture. Mais une fois là-bas, on prendra le train…

— Ça suffit ! l'interrompit énergiquement Nassima. Tu es vraiment têtu ! De toute façon, ce n'est pas pour demain tout ça.

— Mais écoute, Nassima ! Dans ce train, on

voyagera en première comme les riches, sur une large banquette de velours rouge, et un domestique bengali viendra nous servir du thé ou des jus de fruits. Ce sera extraordinaire !

— Au lieu de discuter de tout ça, on ferait mieux de parler du voyage que mon père me prépare pour cette nuit ! s'écria son amie avec angoisse.

Et elle ajouta :

— Je ne veux pas me séparer de papa ! J'ai besoin de le voir tous les jours, de lui demander de m'expliquer ce que je ne comprends pas dans les livres, et de l'aider à la fabrique de tapis.

Entre-temps, Abdul avait séché ses larmes. Il lança en souriant :

— Allons, allons, finies les idées noires ! Puisque la tempête se calme, si nous faisions une promenade jusqu'au fleuve ? Vous pourrez vous baigner et, ensuite, cueillir des figues sur les arbres proches de la rive.

Les enfants furent enchantés par sa proposition. Nassima se sentait bien avec Abdul ; il lui donnait un sentiment de sécurité, et elle était fascinée par tout ce qu'il avait vécu. Et puis, il racontait les choses de la façon qu'elle aimait, lentement, comme si le temps n'existait pas. Tout le contraire de Mohamed, qui parlait trop vite. Entraîné par son imagination, il passait d'un train en marche à un bateau sur un fleuve de l'Inde en un éclair.

Par un chemin poussiéreux et caillouteux, ils descendirent vers la plaine, où ils trouveraient le fleuve Kaboul, toujours limpide et glacial.

Abdul marchait en tête, suivi par ses moutons caraculs, au milieu desquels allaient Mohamed et Nassima.

— Ce n'est pas la route la plus directe et la plus rapide, mais c'est la plus sûre, précisa le vieux berger.

— Pourquoi ? lui demanda Mohamed.

— Parce que de nombreux camions qui viennent d'une plantation d'opium du secteur y passent chaque jour ; cela signifie qu'il n'y a pas de danger de tomber sur une mine antipersonnel*.

Abdul expliqua aux enfants que souvent, quand il était dans la grotte avec ses caraculs, il voyait des militaires équipés d'appareils compliqués pour détecter ces terribles mines, qui avaient déjà tué ou estropié tant d'Afghans.

— Ils viennent très tôt le matin, et ils ratissent le chemin que les camions parcourront quelques heures plus tard.

— Mais, est-ce qu'il y a autant de mines qu'on le dit ? lui demanda naïvement Mohamed.

— Écoute, petit, répondit Abdul, la doctoresse Nazifa assure qu'il y a plus de dix millions de mines qui n'ont pas encore explosé ; et qu'il faudrait quatre mille trois cents ans pour que la Croix-Rouge parvienne à nettoyer tout à fait seulement vingt pour cent du territoire afghan.

— Et comment le sait-elle ? intervint Nassima.

— Elle a dû soigner beaucoup d'enfants mutilés par ces bombes. De plus, elle est très amie avec Lionel, un médecin français qui travaille pour les Nations unies, ici à Kaboul, continua patiemment le vieux berger.

— Ça vous fait très peur, n'est-ce pas ? demanda Mohamed.

— Oui, soupira le vieil homme. On raconte que plus de deux mille personnes sont mortes à cause de ces mines, par ici.

— Mais c'est affreux ! s'écria Nassima, indignée.

— Oui, ma fille, mais ce n'est pas ce qu'il y a de pire. Pense aux centaines de milliers de personnes qui se sont retrouvées sans pieds, sans bras…

— Quelle horreur ! coupa Mohamed, épouvanté.

— La doctoresse soigne chaque jour plusieurs victimes de ces explosions. Ce sont en majorité des femmes et des enfants. Mais elle fait plus. Une fois qu'elle a soigné leurs blessures, elle se met en contact avec Lionel, et lui demande de leur fournir des prothèses pour qu'ils puissent marcher, précisa Abdul.

Depuis que les talibans étaient à Kaboul, continua-t-il, Nazifa se déplaçait habillée en homme, dans une vieille fourgonnette d'occasion. Après avoir rendu tant de visites à Lionel, elle avait fini par tomber follement amoureuse de lui. Mais le Français ne répondait pas à ses sentiments de la même manière.

— Lionel était très attiré par elle, mais ses origines lui faisaient peur. Selon lui, c'est très compliqué de vivre avec une femme musulmane ; pas seulement à cause d'elle, surtout à cause de sa famille et des coutumes d'ici, commenta Abdul aux enfants.

— Et pourquoi trouve-t-il ça compliqué ? s'enquit Nassima.

— Parce que sa culture est différente de la nôtre. Il a une autre façon de voir la vie. Et puis

Lionel est seulement de passage ici. Il rêve d'autre chose.

— De quoi ? demanda Mohamed, curieux.

— Il a déjà planifié toute son existence, d'après ce que me dit Nazifa. Il attend son transfert dans un pays d'Afrique et ensuite, d'ici quelques années, il retournera chez lui, à Paris, pour donner des cours à l'université.

À cet instant précis, les enfants virent s'approcher un des fameux camions, qui les dépassa en soulevant un grand nuage de poussière.

Abdul leur raconta que ces véhicules venaient des champs situés au sud de la ville où, depuis longtemps, on cultivait plusieurs plantes opiacées*. Les camions transportaient le produit de ces cultures au centre de Kaboul, dans un vieil entrepôt, et là, on les transformait en drogue qui se vendait ensuite dans le monde entier.

— C'est impossible ! s'écria Nassima.

— Chez moi, j'ai toujours entendu dire que le trafic de drogue est interdit ! commenta Mohamed, plutôt incrédule. Et il paraît qu'une des raisons avancées par les talibans pour prendre le pouvoir était d'y mettre fin définitivement.

— Mais en fait, depuis qu'ils sont là, ce

sont eux qui font du trafic de drogue pour avoir de l'argent et acheter des armes, affirma Abdul.

Mohamed n'osa plus rien dire. Il était très surpris d'apprendre que les talibans utilisaient cet argent pour se procurer des armes, alors que son école délabrée était pire qu'une porcherie, avec ce fichu tableau qui s'écroulait tout le temps.

Tandis qu'ils continuaient à marcher, Nassima demanda au vieux berger qu'il leur parle encore de Nazifa. Elle la trouvait tellement sympathique !

— Ah ! elle affronte bien des difficultés, depuis que les talibans sont au pouvoir, soupira Abdul.

— Comment ça? s'enquit Mohamed.

— Ils lui ont interdit d'exercer sa profession à l'hôpital. Alors, elle a installé chez elle un petit centre de soins où elle ne s'occupe que des femmes et des filles, répondit Abdul.

— Elle ne soigne pas les hommes?

— S'il en arrive un grièvement blessé, elle l'envoie à l'hôpital public. Elle donne la priorité aux femmes, puisqu'elles n'ont plus le droit d'entrer dans un centre sanitaire quel qu'il soit.

— Et comment a-t-elle monté ce petit hôpital chez elle? voulut savoir Nassima.

— Des voisins et des amis lui ont fait cadeau de lits et de draps. D'autres lui ont donné un peu d'argent pour qu'elle puisse acheter des médicaments, même si elle se procure presque tout par l'intermédiaire de son ami Lionel ; et des voisines se sont portées volontaires pour s'occuper des malades.

— Sans que personne s'en aperçoive, c'est ça ? continua Nassima.

— Évidemment, évidemment, répondit le berger. Dans la clandestinité la plus totale. Tout le monde, dans le quartier, connaît le petit hôpital que Nazifa a créé, mais personne ne le dit.

— Et on n'a rien découvert ? s'étonna Mohamed.

— Non. Les femmes viennent chez Nazifa déguisées en homme, ou bien accompagnées par leur mari ou leur père. Une des personnes qui aidaient Nazifa était justement votre voisine, la célèbre gynécologue, Khalada, dont vous m'avez parlé. Mais depuis que les talibans ont découvert ce qu'elle faisait et qu'ils ont pendu son mari, elle n'est plus revenue.

— Elle doit être drôlement malheureuse ! murmura Mohamed.

— Oui, maman dit toujours que Khalada est très déprimée, fit Nassima.

Puis, fatiguée d'avoir tant marché au soleil, dans la poussière de la route, et de plus en plus assoiffée, elle demanda :

— C'est encore loin, le fleuve ?

— Pas du tout, répondit Abdul, qui peinait à respirer lui aussi. Regarde là-bas, le voilà !

De gigantesques arbres s'élevaient parallèlement au lit du Kaboul et, déjà, l'air semblait plus humide, plus revigorant.

Abdul désigna le chemin qu'il fallait suivre pour parvenir jusqu'à la rive. L'eau apparaissait limpide et cristalline. Nassima et Mohamed accélérèrent le pas, excités à l'idée de prendre un bon bain.

Chapitre 5

De son côté, Farid s'était mis à la recherche de Nassima. Il commença par se rendre à son ancienne école.

À la porte du « centre scolaire », qui avait plutôt l'aspect d'une grande bâtisse à l'abandon, de très nombreuses personnes s'étaient réunies : des parents d'élèves, des professeurs, des volontaires des organisations humanitaires.

Les uns pleuraient, les autres criaient, d'autres préféraient garder le silence et contenir leur douleur. Mais ils étaient tous atterrés par la tuerie qui s'était déroulée le matin même sur la place proche de l'école : un groupe de talibans avait attaqué une fourgonnette des

Nations unies, et tous ceux qui se trouvaient à l'intérieur avaient perdu la vie.

— Mon Dieu, Kibù est mort ! cria un parent.

— Quel malheur ! C'était un si bon jeune homme, se lamenta un autre.

— Ils n'ont pas seulement tué Kibù ! Il paraît que Lionel aussi a été foudroyé par une balle ! Lionel, le médecin français qui venait si souvent à l'école, ajouta un maître.

Farid n'osa interroger personne. Il avait honte, et il se sentait coupable, bien sûr, puisqu'il avait participé au massacre. Il écouta un long moment ce que les gens disaient, puis il entra dans le bâtiment.

Il éprouvait une horrible envie de mourir.

Il se sentit mal. Il eut des crampes d'estomac, des nausées, des palpitations. Il lui sembla que son cœur allait exploser. Comme il se méprisait, tout à coup !

Une femme dissimulée sous sa burqa s'approcha de lui, le soutint par un bras, et l'aida à s'asseoir sur une chaise branlante.

— C'était vraiment horrible la mort de ces jeunes gens. Ces barbus n'ont pas le moindre sentiment, dit-elle.

Farid eut encore plus honte. Il se leva impulsivement, et murmura :

— Je ne peux pas rester, on m'attend.

Alors qu'il était sur le seuil, il entendit la femme qui chuchotait, absorbée dans ses pensées :

— Je me demande comment nos fils peuvent étudier ici.

— Oui, madame, vous avez raison ! Cette école est une porcherie, comme tout notre pays ! approuva-t-il avec rage.

Puis il quitta le bâtiment.

Farid était atterré par ce qu'il venait de découvrir. Jamais il n'avait vu une école aussi délabrée ! Il avait l'habitude de fréquenter d'autres endroits, et il commençait à réaliser qu'en réalité il ne connaissait pas son propre pays.

Quand il avait soutenu les talibans, il n'avait songé qu'à préserver sa situation financière et politique privilégiée. Grâce à cela, son existence n'avait pas vraiment changé, malgré la dictature. Il continuait d'habiter une grande maison au nord de la ville, avec ses domestiques et son confort habituel. Sa femme n'avait pas perdu son travail, puisqu'elle n'avait jamais rien fait de sa vie. Comme ils avaient leur médecin personnel, ils n'avaient pas non plus besoin de se rendre dans les misérables hôpitaux publics.

Et ils avaient envoyé leurs deux filles en Iran, où elles poursuivaient tranquillement leurs études dans un internat très chic. Ainsi, les interdits qui pesaient sur son pays n'avaient pas beaucoup affecté sa famille.

Tout à coup, Farid eut honte de son égoïsme, à la pensée de tous ces gens en larmes réunis devant l'école alors que lui, il roulait en voiture de luxe et que, dans son coffre, se trouvait l'arme avec laquelle il avait participé à l'assassinat de Lionel et de Kibù.

Il n'avait pas connu personnellement ces deux hommes, mais il n'était pas près d'oublier leurs noms, qui resteraient gravés à jamais dans sa mémoire.

Farid remonta en voiture et se mit à parcourir les rues principales de Kaboul. Elle lui apparut brusquement comme une ville fantôme : les rues étaient désertes, on ne voyait que des brasiers où brûlaient des livres, des téléviseurs, des cerfs-volants, des jouets. Çà et là, un homme marchait d'un pas rapide. Comme il aurait aimé voir des femmes dans la rue, des enfants en train de courir ! Mais tout cela était fini. On n'entendait que le sifflement du vent sec.

«Comment ai-je pu collaborer avec des gens qui ont détruit mon pays ?» se demanda-t-il.

Il comprit que, jusqu'à cet instant, il n'avait eu qu'une obsession en tête : l'argent; et le maintien de ses privilèges et de son confort. Il ne s'était pas soucié de ce qui arrivait aux autres.

Pendant un moment, il se sentit complice de toutes les barbaries et de tous les malheurs qui frappaient son pays.

Alors, il se promit de tout tenter pour retrouver Nassima. S'il arrivait malheur à sa nièce, il ne se le pardonnerait jamais !

Après avoir sillonné le centre de la ville, il pensa que le mieux était de se diriger vers le sud, et les ruines de Pangiashah. À quelques kilomètres du centre de Kaboul, en direction du fleuve, il vit un homme qui marchait très vite en bordure de la route. Il ralentit. Il abaissa la vitre et lui demanda si par hasard il s'appelait Ossada et s'il était le père de Mohamed.

Le souffle court, le front en sueur, la peur dans le regard, Ossada lui demanda :

— Pourquoi voulez-vous le savoir ?

— Parce que je suis l'oncle de Nassima et que je participe moi aussi aux recherches, répondit Farid.

— Vous êtes le frère de Saïd? s'enquit Ossada, méfiant.

— Non, son beau-frère. Je suis marié à une sœur de Nadia.

Et Farid ajouta :

— Écoutez, il vaudrait mieux que vous montiez dans ma voiture et que nous fassions la route ensemble. Comme ça, nous gagnerons du temps, car vous connaissez le coin mieux que moi.

Ossada, quelque peu rassuré, monta en voiture et lui donna des instructions :

— Le mieux, je pense, serait d'aller jusqu'aux ruines et, si les enfants n'y sont pas, nous reviendrons par le chemin déminé qui longe le fleuve.

— Déminé?

— Oui, c'est un chemin très sûr parce que de nombreux camions qui viennent des champs d'opium y circulent. Tout le monde le sait, mais personne n'ose le dire en public !

Pendant ce temps, Nassima et Mohamed, sous le regard attentif du berger Abdul, profitaient de leur baignade, bien que l'eau fût très froide. Mohamed éclaboussait Nassima pour la faire reculer vers l'endroit le plus profond, mais elle lui résistait, et se contentait de se mouiller les jambes à travers son ample vêtement.

Abdul s'assit sur une pierre et observa leur manège. Mohamed, si remuant et si braillard, lui rappelait beaucoup son petit-fils. Depuis la disparition de sa femme et, surtout, depuis la mort de Hassan, il était si seul… ! Son unique compagnie, c'étaient les caraculs, et les courtes visites de son amie Nazifa.

Il se demanda ce qu'elle pouvait bien faire en ce moment. Ces derniers temps, il la voyait moins. La pauvre était très occupée par l'hôpital improvisé. Elle n'avait de temps pour rien, sauf pour ses malades.

Abdul avait peur que les talibans découvrent ses activités. Si ces hommes – mais pouvait-on les appeler des hommes ? – parvenaient à découvrir le petit centre de soins, ils la tueraient, il en était certain.

En plus d'une occasion, il avait averti Nazifa des dangers qu'elle courait ; mais elle lui répondait qu'elle était incapable de rester les bras croisés alors que d'autres femmes souffraient et qu'elle pouvait les aider. Nazifa soutenait qu'elle préférait avoir une vie courte, mais digne.

De temps à autre, les enfants se tournaient

vers lui et lui faisaient des signes. Il leur répondait par un sourire.

Au cours d'un de ces échanges, Mohamed s'aperçut que, juste derrière Abdul, il y avait un énorme figuier.

— Hé ! Abdul ! cria soudain Mohamed. Regarde ce grand figuier juste derrière la pierre où tu es assis ! Tu as vu ces figues énormes ?

Abdul se retourna, et vit avec étonnement que les branches de l'arbre étaient couvertes de fruits superbes. Alors que tant de gens souffraient de la faim, personne n'avait eu l'idée de venir cueillir des figues ici !

Il se leva avec lenteur, car son arthrite le faisait souffrir, et il se dirigea vers l'arbre pour prélever quelques belles figues noires et luisantes à l'intention de ses jeunes amis.

Les enfants l'observaient depuis le fleuve.

Soudain, il y eut une épouvantable explosion. Nassima et Mohamed furent précipités en arrière comme s'ils avaient reçu un gigantesque coup. Ils ne voyaient rien, il n'y avait que de la fumée.

Comme ils purent, ils sortirent de l'eau ; ils avaient froid, leurs vêtements collaient à leurs corps mouillés et souillés de poussière.

Cette poussière et cette terre venaient du lieu de l'explosion.

En atteignant la rive, tout en criant le nom d'Abdul, ils virent le vieux berger à terre, couvert de sang.

— Une mine ! Elle a explosé ! dit Mohamed, terrorisé.

Nassima voulut s'approcher d'Abdul, mais son ami la retint brusquement par le bras.

— Attends, Nassima ! Il pourrait y avoir d'autres mines à cet endroit. Abdul est mort, nous ne pouvons rien pour lui.

— Je vois bien qu'il est mort, murmura tristement Nassima. Mais nous pouvons quand même faire quelque chose : le ramener chez lui. Nous préviendrons Nazifa, et nous l'enterrerons. Il a été si bon avec nous !

Avec beaucoup de précaution, les enfants s'approchèrent du corps. Quel triste spectacle ! Le pauvre Abdul avait perdu une jambe. Après un instant d'hésitation, Mohamed le souleva par les bras et Nassima par les hanches. Sans s'écarter d'un pas du chemin déminé, tous deux, vite épuisés par leur fardeau, et par l'air sec et poussiéreux qu'ils respiraient, se dirigèrent vers la ville.

Les brebis les suivaient en silence.

À Kaboul, ils espéraient trouver Nazifa et, comme c'était une femme bonne, elle les aiderait à dire adieu à Abdul ainsi qu'il le méritait.

Après avoir parcouru quelques mètres, ils virent au loin une voiture blanche. Effrayés, ils se dévisagèrent.

— Ils vont découvrir qu'on s'est enfuis de la maison, qu'on a violé les lois, ils nous fouetteront ! dit Nassima, prise de panique.

— Et ils arrêteront nos parents ! ajouta Mohamed, aussi terrorisé et tremblant qu'elle.

La voiture s'approchait lentement, on leur faisait des appels de phares.

Ils restèrent figés en bordure du chemin, sans pouvoir bouger, sans pouvoir parler. Bientôt, le véhicule s'arrêta et deux hommes en descendirent.

C'étaient l'oncle Farid et Ossada !

En les reconnaissant, les enfants déposèrent au sol le cadavre d'Abdul et fondirent en larmes.

Chapitre 6

Fatuma était toujours assise dans un coin de la cuisine. Elle priait Allah pour que sa petite-fille rentre saine et sauve à la maison ; et, de temps à autre, elle s'adressait à son mari Ahmed comme s'il était encore vivant et pouvait l'entendre :

— Ramène-la, Ahmed ! Elle est bien trop jeune pour aller là-bas toute seule ! Je suis aussi très inquiète pour la santé de notre fils Saïd. Ils l'ont roué de coups ! Il est allongé sur son lit sans pouvoir bouger, et il a si mal ! Je t'en prie, aide-nous ! Je sais que tu le peux.

Heureusement, elle avait eu recours à une de ses recettes préférées : elle avait préparé à son fils une infusion de tilleul et de thé vert, additionnés d'un peu de miel et d'une herbe mystérieuse dont elle refusait de révéler le nom. Il s'agissait de son remède secret. Et le fait est qu'il avait produit son effet : Saïd s'était détendu et avait fini par s'assoupir.

De leur côté, Nadia et Salika, la mère de Mohamed, arpentaient sans cesse la maison. De temps à autre, elles se mettaient à la fenêtre – ces petites fenêtres des maisons de Kaboul protégées par des barres de fer. Mais elles ne voyaient rien.

— Je me sens tellement impuissante, enfermée ici ! dit Nadia avec angoisse. On ne peut même plus sortir dans la rue pour chercher nos enfants !

— Je ne comprends pas comment on a pu en arriver à une telle folie, soupira Salika. Ces talibans nous traitent avec autant de mépris que si nous étions des animaux.

— Écoute, allons à la bergerie. De là, on verra mieux si quelqu'un vient vers la maison.

Dans la cour, Salika se mit à décrire ce qui se passait dans la rue : les gens qu'elle voyait, les bruits qu'elle entendait, la voiture ou la fourgonnette qui s'arrêtait. Nadia, qui l'écoutait, ressentit soudain une vive douleur à la poitrine et de la peine à respirer ; des gouttes de sueur dégoulinèrent sur son front et son cou, puis elle s'affaissa sur elle-même et s'écroula au sol.

En l'entendant tomber, Salika se retourna et poussa un hurlement. Elle s'efforça de redresser Nadia, mais n'y parvint pas.

— Nadia, je t'en prie, Nadia, ouvre les yeux ! lui cria-t-elle.

Arrachée à sa songerie par ces cris répétés, Fatuma se hâta de gagner la cour. Ni elle ni Salika ne surent que faire. Elles ne pouvaient pas emmener Nadia à l'hôpital, on refuserait de l'y admettre ; elles ne pouvaient pas non plus sortir pour demander du secours si un homme ne les accompagnait pas.

Saïd aussi s'était réveillé et levé en entendant les lamentations des deux femmes. Quand il aperçut Nadia sur le sol, inconsciente et toute pâle, il eut un coup au cœur. Que de malheurs en un seul jour ! Pourquoi cela lui arrivait-il ? Lui, un homme paisible qui n'avait d'histoires avec personne, était bon travailleur, respectait Allah et se consacrait à sa famille !

— Il faut prévenir Khalada, décida-t-il, s'efforçant de réagir.

Fatuma mit sa burqa et, soutenant par le bras son fils, qui avait peine à marcher, elle traversa la rue avec lui pour aller frapper à la porte de Khalada.

Lorsque cette dernière ouvrit, Fatuma fut impressionnée. Comme leur amie avait changé! Elle était beaucoup plus maigre, son teint avait pâli, son regard était triste, et même sa voix était altérée, moins sonore.

« Dire que Khalada était si belle, si pleine de vie et active! Et maintenant... », pensa la grand-mère.

Saïd expliqua ce qui s'était produit et, comme au bon vieux temps, la doctoresse réagit avec rapidité. Elle prit sa sacoche en cuir, mit sa burqa, et sortit en courant pour porter secours à Nadia.

Quand elle arriva, Nadia était toujours allongée sur le sol, la tête reposant sur les genoux de Salika, et elle commençait à revenir à elle.

Khalada prit son pouls, sa tension et, sans hâte, effectua un examen rigoureux. Ensuite, elle demanda à Fatuma de faire bouillir de l'eau pour désinfecter une seringue, puis fit à Nadia une injection sur laquelle personne n'osa l'interroger. Elle semblait si sûre d'elle!

Khalada, Salika et Fatuma allongèrent Nadia sur son lit et, quelques minutes plus tard, cette dernière était endormie.

— Il s'agit d'une hausse de tension, expliqua la doctoresse. Mais avec l'injection, cela va baisser rapidement.

Tous poussèrent un soupir de soulagement en entendant ces explications. Ce fut alors que Saïd entraîna Khalada dans la cuisine. Là, il lui raconta tout : il lui fit part de son projet de faire sortir du pays Nadia et Nassima, de la fugue des enfants, de son arrestation et du retrait du permis spécial de quarante-huit heures pour se rendre au Pakistan.

Khalada réalisa soudain qu'elle s'était repliée sur elle-même, depuis qu'on avait pendu son mari. Elle n'avait plus accordé d'attention aux autres, aux personnes qui l'aimaient et l'admiraient tant.

— Rassure-toi, je vais m'occuper de toi et de Nadia, dit-elle à Saïd pour le tranquilliser. Tu verras, tout se terminera bien.

— Tu crois? fit-il.

— J'en suis sûre. Cette fuite de Nassima et de Mohamed n'est sûrement qu'un enfantillage.

— Le malheur c'est qu'ici, en Afghanistan, nous ne pouvons pas nous payer le luxe que nos enfants fassent un «enfantillage», comme tu dis, soupira Saïd.

Chapitre 7

Nassima courut jusqu'à son oncle Farid et se serra contre lui en pleurant à chaudes larmes. Mohamed fit de même avec son père. Aucun d'eux n'arrivait à parler, ils pleuraient et, de temps en temps, ils disaient :

— Abdul est mort.

Ni Farid ni Ossada ne connaissaient Abdul ; mais ils comprirent qu'il devait s'agir de l'homme étendu en bordure de la route, recouvert de la burqa de Nassima.

Les deux hommes calmèrent les enfants et, finalement, ceux-ci expliquèrent tout ce qui leur était arrivé. Farid et Ossada évitèrent de leur poser des questions. Ils dirent seulement qu'il fallait ramener Abdul chez lui, prévenir cette doctoresse qui était son amie, et prier pour lui.

Ils transportèrent le cadavre dans le coffre; puis ils rentrèrent tous en voiture à Kaboul, vers la maison du berger qui, à ce qu'il avait dit, se trouvait au sud de la ville.

— Monsieur, s'il vous plaît, nous cherchons la maison d'un vieux berger nommé Abdul, dit Farid à un homme qui marchait dans la rue, portant un chargement de bois.

— Abdul? Celui des caraculs?

— Oui! crièrent les enfants depuis la voiture.

— C'est la troisième maison à droite, mais je crois qu'il n'est pas là, parce que je l'ai vu partir de bonne heure ce matin avec ses moutons, ajouta l'homme sans interrompre sa marche.

— Eh bien, ça n'a pas d'importance, merci, répondit Farid.

La porte en bois de la maison était entrouverte. Ils n'eurent qu'à pousser un peu. Nassima et Mohamed se retrouvèrent chez cet homme qu'ils avaient fréquenté quelques heures seulement et qu'ils avaient eu l'impression de connaître depuis toujours.

Près du lit recouvert de lin blanc, il y avait une petite table pleine de livres, avec une photo en noir et blanc qui représentait Abdul, sa femme et son petit-fils Hassan – ce fut du moins ce que devinèrent les enfants.

Ossada et Farid sortirent du coffre de la voiture le corps d'Abdul et l'allongèrent sur le lit, après avoir retiré la précieuse parure de lin blanc dont ils recouvrirent ensuite le cadavre mutilé.

Farid fut chargé de dire une courte prière à Allah pour le repos de cet homme de bien.

Ensuite, Nassima déclara qu'ils devaient trouver Nazifa.

— Il faut que nous lui annoncions la nouvelle nous-mêmes. C'était notre ami et le sien, tu ne crois pas ? dit-elle, très grave, à Mohamed.

— Bien sûr, lui répondit-il.

Il leur fut relativement facile de trouver la maison de Nazifa. Abdul leur avait expliqué qu'ils habitaient tout près l'un de l'autre, et que la doctoresse cultivait des cactus sur une des petites fenêtres de sa demeure.

Nassima, un peu intimidée, frappa à la porte. Une femme très grande, aux cheveux blancs, chargée de draps et de serviettes, leur ouvrit. Il s'agissait d'une voisine, qui s'occupait de laver le linge des nombreuses malades hébergées là.

— La doctoresse, Nazifa, habite ici ? demanda Nassima d'une voix basse et craintive.

— Oui, mais en ce moment, elle ne peut pas venir, répondit la femme.

— C'est très urgent, insista Nassima.

— Écoute, petite, on vient de lui annoncer une très mauvaise nouvelle, et elle est dans sa chambre, s'obstina la bénévole.

— Comment a-t-elle su ? dit la fillette, surprise que la doctoresse ait si vite appris la mort d'Abdul.

— Un collaborateur des Nations unies est venu l'avertir, répondit la femme aux cheveux blancs.

— Pardon ? fit Nassima, déconcertée.

— Oui, mignonne. Un jeune Anglais qui savait que Nazifa était très amie avec Lionel est venu, et comme il a assisté à la tuerie, il a tenu à la prévenir personnellement.

Nassima commençait à comprendre. Apparemment, l'ami de Nazifa dont Abdul leur avait parlé, celui qui travaillait pour les Nations unies, avait été assassiné par les affreux barbus. Et comme si cette tragédie ne suffisait pas, voilà qu'elle venait, dans ses vêtements tâchés de sang et de poussière, annoncer à cette femme une autre mauvaise nouvelle.

— Écoutez, madame, je venais dire à la doctoresse qu'Abdul est mort. Il a sauté sur une mine près du fleuve, et il est mort.

— Allah nous protège ! Pauvre Abdul, qui était un si brave homme ! s'exclama la femme.

Et, ses draps et ses serviettes sur le bras, elle courut prévenir Nazifa.

Quelques minutes plus tard, Nassima vit apparaître une femme très belle, telle qu'Abdul l'avait décrite, mais dont les yeux étaient gonflés à force de pleurs.

Nazifa embrassa la fillette et lui demanda de lui expliquer ce qui s'était produit ; puis elle mit sa burqa, et elle se rendit dans la maison d'Abdul avec Mohamed et Nassima.

Elle s'agenouilla près du lit, et déposa un baiser sur la main du vieux berger. Puis elle pleura en silence. Lorsqu'elle releva les yeux et vit Farid, Ossada et les enfants autour du lit, elle leur dit :

— Aujourd'hui, deux hommes de bien sont morts. Qu'Allah les accueille !

Nazifa proposa aux enfants de faire une veillée funèbre jusqu'à ce que les hommes emportent le corps d'Abdul pour le mettre en terre près de sa femme et de son petit-fils.

Farid, lui, suggéra d'aller prévenir les familles des enfants qu'ils étaient retrouvés et qu'ils se portaient bien.

— Ils doivent être si inquiets ! ajouta-t-il.

— Vas-y avec la voiture, je reste avec les petits, approuva Ossada.

Quelques instants plus tard, Farid arrivait à la maison de son beau-frère Saïd, en klaxonnant et en appelant. Tout le monde sortit dans la cour pour l'accueillir, même Nadia, qui se sentait déjà mieux.

— Les enfants sont retrouvés et ils vont bien, annonça Farid.

— Mais où sont-ils ? demanda Saïd, inquiet de ne pas les voir.

Farid pria Fatuma de faire l'un de ses thés délicieux pendant qu'il racontait l'aventure de Nassima et de Mohamed.

Lorsqu'ils connurent tous les détails, Saïd et Nadia, Salika, Khalada et la grand-mère poussèrent un grand soupir de soulagement ; cependant ils étaient très troublés à l'idée de ce que devaient ressentir les enfants face à Abdul tandis qu'ils chantaient des prières à Allah. Le seul détail que Farid avait oublié, c'était le nom de la doctoresse que Nassima était allée avertir de la mort d'Abdul.

— Mais elle a l'air d'une femme très bien, dit-il.

Il proposa de conduire tout le monde chez Abdul, en voiture. En arrivant, ils croisèrent un groupe de jeunes qui arrivaient avec un brancard en osier et bois. Ils y chargeraient Abdul pour son dernier repos.

Les femmes descendirent de voiture et se précipitèrent dans la maison pour embrasser les enfants. Enfin, ils étaient tous réunis !

Khalada, elle, restait en arrière du groupe, envahie par une grande tristesse mêlée de nostalgie. Soudain, elle reconnut Nazifa au fond de la pièce ! Les deux amies se retrouvaient de façon inattendue, après une longue séparation. Elles s'étreignirent, tandis que des larmes ruisselaient sur leur visage.

— Il y a si longtemps, Khalada ! s'écria Nazifa.

— Oui, et il s'est passé tant de choses ! Ils ont tué mon mari. Tu le savais ?

— Oui, et j'ai souvent pensé à toi. Mais depuis que j'ai monté ce centre de soins pour les femmes, je ne sors pratiquement plus, dit Nazifa comme pour s'excuser.

— Moi aussi, j'ai pensé à toi, mais depuis la mort d'Omar, je n'ai eu d'énergie pour rien.

— Alors que nous avions toujours été si unies !

Quand enfin elles se séparèrent, Nazifa tint à montrer à son amie le petit hôpital qu'elle avait improvisé chez elle. Khalada fut impressionnée. Sans disposer de rien, son ancienne compagne de la faculté de médecine avait réussi à installer une petite salle d'opération pour ses patientes, afin de soigner leurs blessures et leurs membres amputés. Sa maison était envahie de lits, et une ribambelle de volontaires lui prêtait main forte.

— Il faut que tu fasses équipe avec moi, Khalada, dit Nazifa d'un air grave. Les voisines m'aident énormément, mais j'ai besoin d'un médecin. Tu pourrais te charger des accouchements, et d'autres choses. En échange, je n'ai rien à t'offrir, sinon la nourriture que ces femmes apportent pour les malades et celles qui travaillent ici.

— Tu as raison, dit Khalada en ébauchant un sourire. Je ne peux pas continuer à vivre comme je le fais. Puisque les assassins de mon mari m'interdisent de travailler, je le ferai clandestinement.

Chapitre 8

Saïd, lui, songeait toujours à faire sortir du pays sa femme et sa fille. Pour lui, les événements de la journée n'étaient qu'un nouvel obstacle à surmonter. Son objectif demeurait le même : les deux personnes qu'il aimait le plus au monde ne devaient plus vivre dans ce pays infernal.

« D'abord, il faut que j'obtienne un autre laissez-passer pour le Pakistan », pensa-t-il.

Mais il savait que c'était pratiquement impossible. Depuis son arrestation, il était suspect.

Il ne pouvait pas non plus solliciter Farid, car il l'aurait placé dans une situation très délicate. « D'ailleurs, depuis qu'il m'a défendu devant ces talibans, personne, au gouvernement, ne voudra lui accorder une faveur, se dit-il. Je suis dans une impasse. »

Alors qu'il était plongé dans ses pensées, Ossada, le père de Mohamed, entra dans sa chambre. Après cette difficile journée, il désirait partager un thé avec son ami.

Saïd lui fit part de son souci au sujet du laissez-passer.

— Justement, je suis venu te confier quelque chose, dit Ossada d'un air mystérieux.

— Qu'est-ce que c'est ? Parle !

— Pour commencer, une patrouille de talibans surveille ta maison.

En apprenant cette nouvelle, Saïd fut encore plus abattu. Les choses ne cessaient de s'aggraver !

— Tranquillise-toi, Saïd, je t'en prie. Je ne sais pas si ce que je vais te proposer est bon ou mauvais, continua son ami, mais, voici des années, j'ai connu un homme qui savait fabriquer de faux passeports et de faux documents officiels avec un talent extraordinaire. Je ne sais pas où il est. Mais je me mettrai à sa recherche dès demain matin et, si je le trouve, je le convaincrai de te faire une fausse autorisation de sortie.

En entendant les paroles encourageantes d'Ossada, Saïd se sentit un peu rasséréné. Il avala deux tasses de thé, puis décida de se coucher.

Mais d'abord, il alla dire bonne nuit à Nassima, qui était déjà au lit. Le père et la fille s'étreignirent longuement. Ils échangèrent des sourires. Puis Saïd termina par le jeu qui plaisait le plus à Nassima : des chatouilles avant de dormir.

Ils riaient comme des fous. Leur joie se communiqua à Nadia et à Fatuma, qui se joignirent à eux. Ainsi, ils se défoulèrent tous les quatre de l'angoisse qu'ils avaient connue ce jour-là et qu'ils n'étaient pas près d'oublier !

Puis chacun se retira dans sa chambre. Une fois couché, Saïd répéta à Nadia la conversation qu'il avait eue avec Ossada.

— C'est un véritable ami, il nous aidera, conclut-il.

Nadia l'écouta avec attention, mais sans dire un mot. Après un long silence, elle finit par balbutier :

— Bien, nous en discuterons demain.

Pensant qu'elle était fatiguée, Saïd se retourna de son côté et ne tarda pas à s'endormir.

Le lendemain matin, avant le lever du soleil sur la cité de Kaboul, Khalada sortit de chez elle dans son ample tunique marron, avec sa burqa, un petit sac de vêtements et sa mallette en cuir. Elle alla trouver Ossada, et lui demanda de l'accompagner chez Nazifa.

— Je vais m'installer chez elle, comme ça je pourrai collaborer avec elle, lui expliqua-t-elle, très résolue.

— C'est une idée formidable ! approuva-t-il, sourire aux lèvres.

— Nous allons pouvoir agrandir ce petit hôpital et soigner plus de femmes, jusqu'à ce que ça finisse, continua-t-elle.

— Qu'est-ce qui va finir ? s'étonna Ossada.

— Un jour, nous chasserons ces talibans, déclara Khalada, pleine d'énergie.

Ossada sourit et lui serra le bras d'un geste complice. Khalada lui apprit qu'elle avait décidé de vendre sa maison, et d'investir l'argent obtenu dans le nouvel hôpital clandestin. Bien entendu, pour cela, elle devrait obtenir le consentement de son beau-père, le père de son mari décédé.

Une fois chez Nazifa, ce fut Ossada qui frappa à la porte. L'une des nombreuses bénévoles du quartier, qui avait assuré la garde de nuit, vint ouvrir. Dès qu'elle vit et reconnut Khalada, elle alla réveiller Nazifa.

— J'étais sûre que tu viendrais, dit cette dernière, souriante, à son amie.

Farid aussi était à un tournant de sa vie. Il avait vraiment des remords d'avoir participé à la tuerie, et il s'en repentirait jusqu'à la fin de ses jours. Il commençait à comprendre qu'il y avait d'autres valeurs bien plus importantes que l'argent et le pouvoir. La défense de la dignité humaine, par exemple.

La veille, après avoir ouvert la porte de sa maison, épuisé, souillé de sang et de poussière, la conscience tourmentée par le remords, il avait fondu en larmes dans les bras de sa femme. Il lui avait expliqué tout ce qui s'était passé, du massacre d'un groupe de jeunes des Nations unies à la disparition de Nassima, de l'arrestation de Saïd à la mort d'Abdul.

C'est alors qu'il eut l'idée de quitter l'Afghanistan.

— Nos filles sont déjà en Iran. Si nous y allons aussi, nous serons réunis et, là-bas, je trouverai facilement du travail. Nous avons beaucoup d'amis à Téhéran, plaida-t-il devant sa femme effrayée et silencieuse.

— Je n'aurais jamais cru que tu pourrais me

faire une suggestion pareille, lui dit-elle en contenant ses larmes.

Mais elle n'aurait jamais imaginé non plus que son mari assassinerait des gens pour collaborer avec ces hommes qui se considéraient comme les représentants d'Allah sur la terre.

Tout en lui caressant doucement le visage et en s'efforçant de le consoler, elle lui dit :

— Charge-toi d'obtenir les papiers pour sortir du pays. Je préparerai quelques affaires, discrètement.

Farid fut intensément soulagé en la voyant d'accord. S'ils parvenaient à rejoindre Téhéran, leur vie changerait du tout au tout : ils seraient tous ensemble, et en paix !

Il se coucha, car il était à bout de forces, et sa dernière pensée avant de s'endormir fut pour Kibù et Lionel.

Dès le lendemain, il se rendit au ministère de la Présidence. Un de ses meilleurs amis y travaillait. Pour être sûr d'obtenir ce qu'il voulait, il préféra lui raconter un mensonge.

— Salut, mon ami ! Je viens te trouver parce que je veux monter une entreprise avec un groupe iranien, commença-t-il avec un enthousiasme feint.

— Ah ? Et de quoi s'agit-il ?

— Nous voulons construire un gazoduc qui traverse tout notre pays. C'est un projet très important, puisque nous pourrons exporter du gaz dans de nombreux pays voisins. Une affaire qui rapportera énormément d'argent, poursuivit Farid avec volubilité.

Il ajouta d'un air assuré :

— Bien entendu, le gouvernement afghan touchera un gros pourcentage sur les bénéfices.

Il s'exprimait de façon si convaincante qu'il parvint à séduire son ami fonctionnaire, qui lui accorda un permis de quarante-huit heures pour gagner l'Iran dès que possible.

Farid quitta le ministère, son laissez-passer en main, et rentra chez lui. Il chargea dans son coffre les deux sacs préparés par sa femme, ils fermèrent leur maison et, sans faire leurs adieux à personne, ils se mirent en route.

Plusieurs jours plus tard, par l'intermédiaire d'un ami de Farid, leur famille reçut une carte. Farid y expliquait qu'il s'était installé à Téhéran et y était bien, que ses filles poursuivaient leurs études dans un lycée supérieur ; mais elles n'étaient plus à l'internat, car il avait acheté une maison dans le quartier résidentiel, tout près de l'ambassade britannique.

Il continuait en disant qu'il avait trouvé un

bon poste dans une banque, et que sa femme avait commencé à suivre des cours pour apprendre l'anglais, comme elle le désirait. « Qui peut savoir où nous finirons par vivre ? » concluait-il.

Ossada, lui, s'était mis à la recherche du faussaire qu'il avait connu autrefois.

Il gagna, au centre-ville, le quartier où il avait vécu enfant. D'abord, il se rendit dans une petite cordonnerie. Mais le vieux propriétaire était mort ; et son fils, qui avait pris sa suite, ne voyait vraiment pas qui pouvait être le petit homme au nez cassé comme un boxeur, ancien possesseur d'une imprimerie, qu'Ossada lui décrivait.

Ensuite, Ossada entra dans un magasin de comestibles où l'on vendait en fait de tout, des pommes de terre aux seaux de peinture. Mais le propriétaire ne savait rien non plus.

Alors, Ossada se souvint de Hussein. C'était un orfèvre renommé de Kaboul, qui travaillait avec son fils et son petit-fils.

Pour ces gens, le travail de l'argent et des pierres précieuses n'était pas seulement une tradition : c'était leur vie. Avant l'arrivée au pouvoir des talibans, celui qui voulait offrir un beau cadeau à sa femme, ou à ses filles pour leur trousseau de mariage, se rendait dans la petite échoppe des Hussein — ainsi les appelait-on, car ils portaient le même nom de père en fils. Mais à présent, comme les femmes n'avaient plus le droit de porter des bijoux, ils travaillaient pour les orfèvres d'autres pays tels que l'Inde ou le Pakistan.

Le jour de son mariage, Ossada avait offert à sa femme un bracelet fabriqué par cette famille : il était en argent, et décoré de boules du même métal.

Après avoir franchi plusieurs pâtés de maison, Ossada arriva dans la boutique délabrée des Hussein. Là, on eût dit que le temps s'était arrêté. Ils œuvraient tous autour de la table ronde, avec leurs loupes, et les lampes d'architecte qu'ils avaient achetées lors de leur dernier voyage à Delhi.

— Ossada ! Il y a si longtemps qu'on ne t'a vu ! s'exclama avec joie le vieil Hussein.

— Viens donc, assieds-toi et prends un thé avec nous, ajouta un de ses fils.

Ainsi, Ossada leur fit part du motif de sa visite.

— Je regrette, Ossada, lui dit le chef de famille, mais l'homme que tu recherches a été pendu par les talibans.

— Mais pour quelle raison ?

— Comme rebelle. Il a commencé par refuser de laisser pousser sa barbe et de rendre son téléviseur, puis de leur donner ses livres, expliqua un des fils.

— Et la goutte qui a fait déborder le vase, c'est qu'en perquisitionnant chez lui ils ont trouvé dans une armoire une bouteille de cognac et une autre de bière, précisa Hussein père.

— Mais ne t'inquiète pas, intervint le petit-fils en voyant l'air abattu d'Ossada, un de ses fils travaille toujours à l'imprimerie et il t'aidera, si nous le lui demandons.

Les Hussein ne connaissaient ni Nadia ni Nassima, mais Saïd oui. Ils le respectaient beaucoup. Ils le considéraient comme le meilleur fabricant de tapis de Kaboul et, surtout, ils l'admiraient parce que c'était un homme de bien.

— Donne-nous toutes les informations nécessaires sur les personnes qui se rendront au Pakistan. Et reviens nous voir demain soir, proposa le fils aîné.

Ossada sortit de là convaincu que ses anciens amis l'aideraient parce qu'ils le connaissaient depuis toujours et, surtout, parce qu'ils aimaient beaucoup Saïd. Mais en fait, les Hussein avaient monté un réseau clandestin avec la famille d'imprimeurs, pour faire sortir du pays les hommes et les femmes qui s'y trouvaient en danger. Personne ne le savait, bien entendu. Extérieurement, les Hussein se pliaient à toutes les règles édictées par les talibans. Leur conduite irréprochable leur permettait si bien d'écarter les soupçons qu'ils avaient même installé en secret, à l'arrière de leur boutique, un atelier d'orfèvrerie pour les jeunes filles.

— Puisqu'elles ne peuvent pas faire d'études, au moins, elles auront appris un métier le jour où nous chasserons ces brutes, répétait le vieil Hussein.

Dans cet atelier, en plus de l'orfèvrerie, les filles lisaient et apprenaient l'histoire, car, pour cette famille d'artisans, tout était lié : l'histoire d'un pays, sa littérature, sa peinture et bien évidemment son orfèvrerie aussi.

Ossada quitta tout content son ancien quartier et courut apprendre la nouvelle à son ami Saïd. En comprenant que les papiers seraient prêts le lendemain soir, Saïd sauta au cou de son ami.

— Merci, Ossada, grand merci !

Quelques instants plus tard, il avait mis son plan au point : il allait remplir son camion de tapis, comme de coutume. Sa femme et sa fille s'installeraient avec lui à l'avant. Puisqu'il aurait un sauf-conduit familial, il n'aurait pas besoin de les cacher dans sa cargaison.

Le but officiel du voyage serait Karachi, le port principal du Pakistan, pour y faire embarquer les tapis à destination de Bombay.

Mais en réalité, Saïd irait à Peshawar. Là, dans cette petite ville pakistanaise, il mettrait sa femme et sa fille dans le premier avion. Il fallait qu'elles quittent la région le plus vite possible. Une fois en Inde, ou en Arabie Saoudite, elles pourraient prendre une correspondance pour Rome, où son frère s'occuperait d'elles.

Lorsqu'elles seraient à bord de l'avion, il roulerait pour sa part jusqu'à Karachi. Et là, il prendrait contact comme d'habitude avec les navires qui exportaient sa marchandise.

Puis il rentrerait seul en Afghanistan. Mais, tôt ou tard, il suivrait la même route que Nadia et Nassima. Il irait les rejoindre à Rome. Jamais il ne pourrait vivre sans elles.

Après avoir mis son plan au point sous les regards graves de Nadia, Nassima et Fatuma, Saïd se leva, très décidé, et se rendit à l'entrepôt pour préparer le chargement de tapis.

Les trois femmes restèrent seules à la maison, incapables d'articuler un seul mot. Enfin, Nadia rompit le silence.

— Je me demande comment on va pouvoir le lui annoncer, dit-elle.

— Pauvre papa ! fit Nassima.

Quelques heures plus tard, Saïd fut de retour. Tout était prêt. Il était visiblement heureux.

Mais chez lui, c'était le silence le plus total. Il pensa que les femmes étaient attristées à la pensée de la séparation, et qu'il fallait leur remonter le moral. Il leur promit de les rejoindre à Rome dans un avenir proche. Aucune des trois ne parut réagir. Alors, il se tut lui aussi.

À la nuit tombée, Fatuma annonça que le dîner était prêt. Tous quatre s'attablèrent. Nadia, très sérieuse, les yeux baissés et les mains tremblantes, dit à Saïd :

— Nous avons quelque chose à t'apprendre, Nassima et moi.

Très résolue, Nassima enchaîna :

— Papa, nous avons décidé de rester à Kaboul toutes les deux. Nous savons que tu nous aimes beaucoup et que tu es très inquiet à notre sujet. Mais nous ne voulons pas aller à Rome, ni dans un autre endroit. Nous ne voulons pas fuir.

— Comment ?! s'écria Saïd.

Il était stupéfait, et dévisagea fixement les trois femmes.

Nadia reprit alors la parole. Depuis ce qui s'était passé ces deux derniers jours, dit-elle, et surtout depuis qu'elle avait fait la connaissance de Nazifa, elle avait pris la décision de ne plus rester les bras croisés.

Désireuse de convaincre son père, Nassima déclara :

— Papa, j'ai appris qu'Ossada va monter chez lui une petite école pour les filles du quartier. Des professeurs de mon ancienne école vont l'aider, et nous donneront des leçons.

Saïd la regarda fixement, sans pouvoir prononcer un mot.

— Écoute, reprit Nadia, avec ta mère, nous avons pensé que nous pourrions installer dans la pièce du fond, celle qui donne sur la cour et que nous n'utilisons pratiquement pas, un petit atelier de tissage avec quelques employées que tu avais à la fabrique.

— Salika, la mère de Mohamed, y travaillerait aussi, et Nadia et moi, on coordonnerait tout ça, ajouta Fatuma, enthousiaste.

Saïd fut très dérouté en voyant sa mère si contente. On aurait dit qu'elle avait oublié sa nostalgie, son deuil, et ses maux de dos. C'était une tout autre personne !

— Mais..., balbutia-t-il.

— Écoute, mon chéri, nous avons bien réfléchi. Nous serons dix femmes à l'ouvrage, à tour de rôle. Comme ça, il est plus facile de passer inaperçue pour entrer et sortir de la maison. Les ouvrières pourront venir accompagnées de leur mari ou leur fils, ou même se déguiser en homme, si elles n'ont vraiment personne pour les escorter, expliqua doucement Nadia.

— Et quand j'aurai fini de prendre mes leçons chez Ossada, je veux travailler ici moi aussi, ajouta Nassima.

— Quand les tapis seront prêts, tu pourras garer le camion dans la cour et faire le chargement de nuit, enchérit Fatuma.

— Je ne sais pas…, répéta Saïd, déboussolé par leur initiative.

Il était partagé. D'un côté, il avait très peur pour elles ; de l'autre, il était plein d'espoir en voyant que les femmes, au lieu de se résigner, voulaient mener la lutte. Mais surtout, il était heureux à l'idée de ne pas se séparer de son épouse et de sa fille.

— Papa, insista Nassima, si on fait les choses bien, comme les Hussein qui donnent des cours d'orfèvrerie aux filles, ce sera formidable !

— C'est vrai…, murmura son père.

— Nous pourrions aussi enseigner le métier

aux filles de tes ouvrières. Comme ça, quand les talibans ne seront plus au pouvoir, elles auront déjà une formation, reprit Nadia.

Soudain, Saïd sourit.

— Très bien, vous avez gagné ! déclara-t-il.

Les femmes poussèrent des cris de joie, tous quatre se levèrent et s'embrassèrent. Au fond d'eux-mêmes, ils ne savaient pas si cette aventure réussirait. Mais une chose était sûre : ils ne seraient pas séparés.

— Il y a tout de même une condition, déclara brusquement Saïd. Les mesures de sécurité, c'est moi qui m'en charge. D'accord ?

— Bien sûr, répondit en souriant Nadia.

— Tu es le chef ! cria Nassima. Mais moi, je vais étudier et je ferai mes propres tapis !

Dans un coin de la pièce, tandis que Saïd, Nadia et Nassima demeuraient enlacés, la grand-mère, Fatuma, devant la fenêtre, levait les yeux vers le ciel en murmurant :

— Merci, Ahmed. Je sais que c'est toi qui nous as aidés. Mais, je t'en prie, ne nous abandonne pas. Car nous allons avoir grand besoin de ta protection.

Lexique

Afghani
Unité monétaire de l'Afghanistan.

Afghanistan
État d'Asie centrale, qui a des frontières communes avec plusieurs pays : l'Iran (à l'Ouest), le Pakistan (au Sud et à l'Est), la Chine (au Nord-Est, sur une courte distance) et la Russie (au Nord).

Alexandre le Grand
(Pella, 356 av. J.-C. – Babylone 323) Roi de Macédoine (336-323), dont Aristote fut le précepteur. Parti de Macédoine, à la tête de son

armée, il conquit l'Asie Mineure, puis le littoral syrien. Il pénétra en Égypte, après avoir pris Jérusalem, et s'avança dans le désert de Lybie jusqu'à l'oasis d'Amon. Il fonda ensuite Alexandrie. Ayant traversé l'Euphrate et le Tigre, il anéantit définitivement la dynastie achéménide, occupa Babylone, Suse, entra à Persépolis. Décidé à soumettre les provinces orientales, il dut cependant interrompre sa marche vers l'est à la suite d'une mutinerie de son armée, et reprendre la route de Babylone. À sa mort, à 33 ans à peine, il était maître du monde oriental.

Le long périple réalisé par Alexandre le Grand au cours de ses conquêtes est désigné par les historiens sous le nom de « route d'Alexandre ». Alexandre a pénétré jusqu'en Inde à partir de la région de Kaboul (par la vallée du Kunar, en 337), d'où l'allusion de Mohamed dans le récit.

Bamiyan

Ville d'Afghanistan, située au Nord-Ouest de Kaboul, sur le fleuve du même nom. On y trouve des grottes, des sanctuaires et des monastères, autour de deux bouddhas géants de 38 mètres et 55 mètres de haut. Taillées et modelées par les moines bouddhistes dans deux niches, creusées à même la falaise qui surplombe la ville, ces célèbres statues vieilles de quinze siècles ont été détruites à l'explosif par les talibans islamistes en mars 2001.

Bombay

Ville de l'Inde (près de 10.000 millions d'habitants).

Hindu-Kuch

Ensemble de chaînes montagneuses du Nord-Est de l'Afghanistan et du Nord-Ouest du Pakistan, qui s'étire sur près de 800 km de long et environ 350 km de large. Son point culminant est le Tirich Mir (7706 m d'altitude).

Kaboul

Capitale de l'Afghanistan, située à 1800 mètres d'altitude, la principale ville universitaire et industrielle du pays. Sa population, qui aurait doublé pendant la guerre civile, se monterait à plus d'un million et demi d'habitants. La ville est traversée par le **Kaboul rud**, une rivière d'environ 500 km, qui prend naissance à 3500 km d'altitude dans le massif du Koh-é

Baba, arrose Kaboul, Jalalabad, et se jette dans l'Indus à Attock (au Pakistan).

Lahore

Ville du Pakistan, capitale du Panjab, qui est à la fois une cité industrielle et un haut lieu de la culture islamique (on y trouve la plus grande mosquée du monde, des monuments de style moghol, le jardin de Shalimar).

Lapis-lazuli (ou lapis)

Pierre fine d'un bleu d'azur ou d'outremer, utilisée en bijouterie et en ornementation (mosaïques, incrustations).

Mine antipersonnel

Charge explosive conçue pour mettre les personnes hors de combat sans porter atteinte au matériel.

Opiacée

Plante opiacée : qui contient de l'opium.

Peshawar

Ville du Pakistan, capitale de la province-frontière du Nord-Ouest, clé de la grande voie de passage vers l'Afghanistan et l'Asie occidentale.

Rickshaw
En Chine et en Asie du Sud-Est, voiture légère pour le transport des personnes, tirée par un homme à pied, une bicyclette ou un scooter.

Taliban
Étudiant en théologie islamique, d'ethnie pachtoun. (Issus des écoles du Pakistan et de l'Afghanistan, les talibans islamistes (moines guerriers) ont entrepris la conquête de l'Afghanistan en partant de Kandahar, et ont réussi à prendre Kaboul (1996), instaurant un régime de terreur qui a duré jusqu'en 2001.)

Trastevere
Quartier de Rome, plutôt populaire, équivalent du Montmartre parisien.

Mercè Rivas Torres

L'auteur est née en 1954, à Barcelone. Elle a écrit pour de nombreux journaux espagnols. Elle a effectué plusieurs voyages en tant que correspondante pour le Moyen-Orient et le Sud-Est asiatique.

Anna Buresi

La traductrice est née en 1951 en Corse, elle a longtemps été bercée par la musique de la langue corse et c'est sans doute pour cette raison qu'elle a appris l'italien toute seule, et qu'elle le traduit avec autant de bonheur.

« Petite j'adorais les livres, la musique, les langues, la peinture, le cinéma et les voyages. Maintenant je traduis de l'anglais et de l'italien, et lorsque mon métier m'en laisse encore le temps j'aime peindre et dessiner. J'aimerais écrire et illustrer des albums pour enfants... »

Akavak
James Houston

N°1

Akavak est encore un enfant quand il part avec son grand-père pour une longue traversée du Grand Nord Canadien. Dans le froid et la glace, Akavak découvre le secret des montagnes et de la mer gelée. Mais il frôle la mort à plusieurs reprises. Arrivera-t-il au bout du voyage?

James Houston a publié, dans la collection Castor Poche : L'archer blanc, Le passage des loups, et Tikta'Liktak.

Perdu dans la taïga N°147
Victor Astafiev

Deux jeunes garçons, en Sibérie, vivent des expériences douloureuses et doivent faire face à l'inconnu... Perdu dans l'immense taïga au cours d'une chasse, Vassia devra réussir à survivre... Girmantcha, lui, assiste à un terrible naufrage et, devenu orphelin, arrive dans une ville où l'on ne parle pas sa langue... Deux enfants à l'épreuve de la vie.

Les années

PRIMAIRE

avec **CASTOR POCHE**

Cet
ouvrage,
le neuf cent
quarantième
de la collection
CASTOR POCHE,
a été achevé d'imprimer
sur les presses de l'imprimerie
Maury Eurolivres
Manchecourt - France
en juillet 2003

Dépôt légal : août 2003.
N° d'édition : 1634. Imprimé en France.
ISBN : 2-08-16-1634-3
ISSN : 0763-4497
Loi n° 49-956 du 16 juillet 1949
sur les publications destinées à la jeunesse